Tão Ontem

Scott Westerfeld

Tão Ontem

Tradução de
RODRIGO CHIA

CIP-Brasil. Catalogação-na-fonte
Sindicato Nacional dos Editores de Livros, RJ.

W539t Westerfeld, Scott
       Tão ontem / Scott Westerfeld; tradução Rodrigo Chia. –
       Rio de Janeiro: Galera Record, 2007.

       Tradução de: So yesterday
       ISBN 978-85-01-07689-2

       1. Adolescentes – Ficção juvenil. 2. Literatura juvenil. I.
       Chia, Rodrigo. II. Título.

                          CDD – 028.5
07-2404   CDU – 087.5

Título original em inglês:
SO YESTERDAY

Copyright © 2004 Scott Westerfeld

Todos os direitos reservados. Proibida a reprodução, no todo ou em parte, através de quaisquer meios. Os direitos morais do autor foram assegurados.

Direitos exclusivos de publicação em língua portuguesa somente para o Brasil adquiridos pela
EDITORA RECORD LTDA.
Rua Argentina 171 – Rio de Janeiro, RJ – 20921-380 – Tel.: 2585-2000
que se reserva a propriedade literária desta tradução

Impresso no Brasil

ISBN 978-85-01-07689-2

PEDIDOS PELO REEMBOLSO POSTAL
Caixa Postal 23.052
Rio de Janeiro, RJ – 20922-970

EDITORA AFILIADA

Aos Inovadores.
Vocês sabem quem são.

CAPÍTULO ZERO

ESTAMOS POR TODA PARTE.

Vocês não pensam muito sobre nós porque somos invisíveis. Bem, não exatamente invisíveis. Muitos de nós têm os cabelos pintados de quatro cores, ou usam tênis com solado de dez centímetros, ou carregam tanto metal no corpo que pegar um avião se torna um desafio. Na verdade, somos bem visíveis, se pararem para pensar.

Mas não carregamos letreiros indicando o que somos. Afinal, se vocês soubessem o que pretendemos, não poderíamos realizar nossa mágica. Temos de observar tudo cuidadosamente para instigá-los e induzi-los de uma maneira que vocês não percebam. Como bons professores, deixamos que vocês acreditem ter descoberto a verdade por conta própria.

E vocês precisam de nós. Alguém deve guiá-los, moldá-los, garantir que hoje se transforme em ontem dentro do prazo. Porque, francamente, sem nós para monitorar a situação, quem sabe o que poderia ser enfiado em suas cabeças?

Afinal, não é como se vocês pudessem simplesmente sair tomando suas próprias decisões.

*

Mas, se devíamos permanecer em segredo, por que estou escrevendo isto?

Bem, é uma longa história. É *esta* história que você tem nas mãos.

É sobre como conheci Jen. Ela não é uma de nós, nem uma de vocês. Está no topo da pirâmide, fazendo sua parte, em silêncio. Acreditem: vocês precisam dela. Todos precisamos.

Também é sobre os Arruaceiros, que, tenho certeza, existem mesmo. Provavelmente. *Se* forem de verdade, então são muito espertos. E têm grandes planos. São os vilões, aqueles que estão tentando derrubar o sistema. Querem tornar pessoas como eu redundantes, dispensáveis, ridículas.

Querem libertar vocês.

E a parte engraçada é que *acho* que estou do lado deles.

Certo. Chega de introdução? Vocês são capazes de prestar atenção por tempo suficiente para que eu faça isso direito? Já está na hora da atração principal?

Então vamos começar.

CAPÍTULO
UM

— **POSSO TIRAR UMA FOTO DO SEU TÊNIS?**
— Ahm?
— Na verdade, do cadarço. Do jeito como você deu o nó.
— Ah. Claro, acho que sim. Bem *sinistro*, não é?

Concordei. Naquela semana, *sinistro* significava "legal", como *chocante* ou *radical* antes. E o cadarço da garota *era mesmo* legal. Era felpudo e vermelho. Passava várias vezes pelo ilhós do meio, num lado, e depois se abria como um leque, no outro. Mais ou menos como a antiga bandeira japonesa do sol nascente, só que virada de lado.

Ela devia ter uns 17 anos, como eu. Usava um moletom cinza com calça camuflada e tinha cabelo tingido de um preto tão intenso que ficava até azul quando o sol que passava por entre as árvores o atingia. Os tênis, de corrida, eram pretos, aparentemente sem marca. O logotipo tinha sido apagado com uma caneta marcadora também preta.

Com certeza, é uma Inovadora, pensei. Eles tendem a se especializar, parecendo Exilados Sem Marca até se chegar perto, até se ver algo especial. Toda sua energia concentrada num único elemento.

Como um cadarço.

Peguei meu celular e o apontei para os pés dela.

Seus olhos se arregalaram, e ela fez o Gesto. Meu telefone daquele mês, produzido por uma certa companhia finlandesa, andava recebendo muitos Gestos, as ligeiras inclinações da cabeça que significam *Acabei de ver isso numa revista e já quero um igual*. Obviamente, num outro sentido, o Gesto também quer dizer *Agora que vi uma pessoa de verdade com esse telefone, preciso muito, muito ter um também*.

Pelo menos, era isso que aquela certa companhia finlandesa esperava ao me enviar um aparelho. Portanto, lá estava eu, realizando duas tarefas ao mesmo tempo.

O telefone tirou a foto. O sinal de que havia sido bem-sucedido foi um *sample* de um pai meio perturbado dizendo "Chocolate!". O *sample* não recebeu o Gesto, por isso, registrei mentalmente que precisava mudá-lo. Homer estava fora de moda; Lisa havia tomado seu lugar.

Dei uma conferida na foto na pequena tela do celular; a definição pareceu suficiente para que eu pudesse copiar o laço quando voltasse para casa.

— Obrigado.
— Sem problema.

Agora havia uma ponta de desconfiança em sua voz. Por que, exatamente, eu estava tirando uma foto de seus cadarços?

Houve um momento de silêncio constrangedor, do tipo que às vezes ocorre depois que alguém tira uma fotografia do tênis de um estranho. Seria de se esperar que, naquela altura, eu estivesse acostumado.

Desviei os olhos para o rio. Tinha encontrado minha Inovadora dos cadarços no parque East River, uma faixa de gramados e caminhos entre a FDR Drive e o rio. É um dos poucos lugares onde se consegue perceber que Manhattan é uma ilha.

Ela estava com uma bola de basquete. Provavelmente havia dado uns arremessos nas quadras cheias de mato embaixo da ponte de Manhattan.

Como já disse, eu estava lá a trabalho.

Uma grande embarcação carregando contêineres passava devagar pela água, na velocidade de um ponteiro de relógio. Do outro lado do rio, estava o Brooklyn, com seu ar industrial. A fábrica da Domino Sugar aguardava pacientemente o dia em que seria transformada numa galeria de arte ou em residência para milionários.

Eu estava pronto para dar outro sorriso e seguir meu caminho, mas ela resolveu falar.

— O que mais ele faz?

— Meu telefone?

A lista de recursos estava na ponta da língua. Mas aquela era a parte do trabalho de que eu não gostava (razão pela qual vocês *não* lerão qualquer propaganda de produtos nestas páginas — se eu tiver como evitar). Dei de ombros, tentando não soar como um vendedor.

— Toca MP3, tem agenda e mensagens de texto. E a câmera grava uns dez segundos de vídeo. — Depois de morder os lábios, ela fez outro Gesto. — O vídeo é meio caído — reconheci.

Mentir não fazia parte do trabalho.

— E faz ligações também?

— Claro, ele... — Só então percebi que ela estava de gozação. — É, por incrível que pareça, dá para ligar para as pessoas.

Seu sorriso foi ainda mais incrível que os laços dos tênis.

Quando Alexander Graham Bell inventou o telefone, imaginou todos no país usando uma linha coletiva. Ouviríamos concertos ao telefone. Ou pegaríamos nossos aparelhos para cantarmos juntos o hino nacional. É claro que o telefone acabou tendo uma utilidade um pouco mais popular: uma pessoa poder conversar com outra.

Os primeiros computadores foram idealizados para auxiliar na artilharia naval e para decifrar códigos. E a Internet, na época de sua criação, tinha como objetivo permitir o controle do país depois de uma guerra nuclear. O que acabou acontecendo? A maioria das pessoas utiliza a rede para troca de e-mails e de mensagens instantâneas. Uma pessoa se comunicando com outra.

Deu para perceber algo em comum?

— Meu nome é Hunter — disse, retribuindo o sorriso.

— Jen.

Assenti.

— Jennifer foi o nome feminino mais popular nos anos 1970 e o segundo mais popular nos anos 1980.

— Ahm?

— Ah, foi mal.

Às vezes, as informações ficam entediadas na minha cabeça e resolvem dar uma volta na minha boca. Geralmente o resultado não é bom.

Ela balançou a cabeça.

— Não, eu entendi o que você quis dizer. Há Jens por tudo que é lado hoje em dia. Estava mesmo pensando em trocar de nome.

— Jennifer acabou caindo para o décimo quarto lugar nos anos 1990. Provavelmente por ter se tornado muito comum. — Fiquei constrangido ao perceber que havia dito aquilo em voz alta. — Mas acho um nome bonito.

Consegui consertar a tempo, hein?

— Também acho. É que às vezes fico enjoada, sabe como é? O mesmo nome o tempo todo...

— Talvez seja hora de reinventar sua marca — comentei, com um sinal de concordância. — Todo mundo está fazendo isso.

Ela deu uma risada. Foi quando percebi que tínhamos começado a caminhar juntos. Como era quinta, o parque estava vazio; havia algumas pessoas correndo, outras passeando com seus cachorros e uma dupla de velhinhos tentando pegar algo no rio. Passamos por baixo das linhas de pesca, que ora brilhavam, ora se tornavam invisíveis, balançando contra o sol do verão. Atrás da grade de segurança, as águas batiam no concreto, empurradas pela passagem de um pequeno barco a motor.

— E Hunter, como tem se saído? — perguntou ela. — Quero dizer, como nome.

— Quer saber mesmo?

Examinei seu sorriso em busca de um sinal de deboche. Nem todo mundo se interessa pelas curiosidades do ranking de nomes obtido a partir da base de dados da previdência social.

— Claro que sim.

— Bem, não chega perto de Jennifer, mas está em alta. Hunter nem fazia parte dos quatrocentos mais populares quando nasci, mas atualmente ocupa uma respeitável trigésima segunda posição.

— Uau. Então você foi um dos primeiros.

— É, acho que posso dizer isso.

Olhei para ela de rabo de olho, tentando adivinhar se Jen já havia entendido qual era a minha.

Ela quicou a bola e a deixou subir à sua frente, soando como um sino, antes de pegá-la com seus longos dedos. Observou as linhas longitudinais por um instante, fazendo a bola girar como se fosse um globo, diante de seus olhos verdes.

— É claro que você não gostaria que seu nome se tornasse popular *demais*. Ou gostaria?

— Seria péssimo — concordei. — É só ver a proliferação de Britneys lá pela metade da década de 1990.

Ela estremeceu e, logo depois, meu telefone tocou. O tema de Além da imaginação, bem na hora.

— Está vendo? — disse, mostrando-lhe o celular. — Está funcionando como telefone.

— Impressionante.

O visor mostrava a palavra *garotadotenis*, o que significava trabalho.

— Oi, Mandy.

— Hunter? Está ocupado?

— Hum, não exatamente.

— Pode fazer uma degustação? É meio que uma emergência.

— Neste exato momento?

— É. O cliente quer botar um anúncio no ar durante o fim de semana, mas não está muito seguro.

Mandy Wilkins sempre chamava seu empregador de "o cliente", embora já trabalhasse lá havia dois anos. Era uma certa empresa de tênis esportivos batizada com o nome de uma certa deusa grega. Talvez ela não gostasse de usar palavras de quatro letras.

— Estou tentando juntar todo o mundo que eu conseguir — explicou Mandy. — O cliente precisa tomar uma decisão em algumas horas.

— Quanto eles pagam?

— Oficialmente, só um par.

— Já tenho pares demais.

Um armário cheio de tênis, sem contar os que eu havia doado.

— O que acha de cinqüenta dólares? Do meu próprio bolso. Preciso de você, Hunter.

— Tudo bem, Mandy, como quiser.

Olhei para Jen, que passeava distraída pelos números da sua agenda, educadamente evitando ouvir a conversa e talvez um pouco triste por se dar conta de quão velho e ultrapassado seu telefone era (tinha pelo menos seis meses). Tomei uma decisão.

— Posso levar uma pessoa?

— Hum, claro. Precisamos de mais gente. Mas essa pessoa é... aquilo?

Jen deu uma espiada em mim, com os olhos apertados, começando a perceber que eu estava falando dela. O sol destacava a parte azul do seu cabelo. Pude ver que ela tinha tingido algumas mechas bem estreitas de lilás. Embora ficasse escondida pelas camadas pretas, essa parte brilhante aparecia de relance quando o vento agitava seu cabelo.

— Sim, sem dúvida.

— Uma degustação *o quê?*

— Uma degustação bacana — repeti. — Esse é o nome que eu e Mandy usamos. Oficialmente é uma "discussão em grupo".

— Discussão sobre o quê?

Disse a ela o nome do cliente, mas ele *não* recebeu o Gesto.

— Eu sei, eu sei. Mas você ganha um par e cinqüenta dólares.

Assim que as palavras saíram da minha boca, pensei se Mandy também liberaria dinheiro para Jen, além de mim. Bem, se a resposta fosse negativa, Jen poderia ficar com os meus cinqüenta. Era um dinheiro inesperado mesmo.

Mas fiquei pensando por que tinha convidado Jen. Normalmente, as pessoas da minha área não gostam de competição. É um desses trabalhos muito disputados, como a política, e que todo mundo sem experiência no assunto acha que é capaz de fazer melhor.

— Parece meio esquisito — comentou Jen.

— É só um trabalho. Você é paga para dar sua opinião.

— Ficamos olhando tênis?

— Assistimos a um anúncio. Trinta segundos de vídeo, cinqüenta dólares.

Ela se virou para o rio, concentrando-se num debate mental que durou poucos segundos. Eu sabia no que Jen estava pensando. *Estou sendo explorada? Estou me vendendo? Estou participando de uma fraude? Isso é uma brincadeira? A quem acho que estou enganando? Quem se importaria com o que penso?*

Eu próprio já havia refletido sobre tudo aquilo.

Ela deu de ombros.

— Ei, afinal, são cinqüenta dólares.

Soltei o ar e só então percebi que estava prendendo o fôlego.

— Exatamente o que acho.

CAPÍTULO DOIS

RECONHECI METADE DAS PESSOAS PRESENTES À DEGUSTAÇÃO.
Antoine e Trez eram funcionários da Dr. Jay's, no Bronx. Hiro Wakata trazia um skate embaixo do braço e fones de ouvido tão grandes que poderiam ser usados para orientar um avião com ajuda de lanternas laranja. O pessoal do Sillicon Alley tinha como líder Lexa Legault, escondida atrás de grandes óculos pretos e segurando um MP3 player (fabricado por uma empresa de informática que atende pelo nome de uma fruta muito usada em tortas). Havia ainda Hillary Winston-hífen-Smith, vinda da Quinta Avenida, e Tina Catalina, cuja camiseta rosa trazia uma frase em inglês claramente redigida por alguém que só sabia falar japonês. Todos eles pareciam saídos de uma agência de talentos.

Sempre me senti um pouco deslocado nessas ocasiões. Em sua maioria, os jovens da minha idade dão opiniões de graça — empolgados pelo simples fato de serem entrevistados — e, por isso, nunca entram no circuito das discussões em grupo pagas. Assim, eu e Jen éramos os mais novos naquele lugar. Também éramos os únicos que não estavam vestidos a caráter. Ela usava seu uniforme de Exilada Sem Marca, e eu vestia uma roupa camuflada bem maneira. Minha camiseta sem marca era da cor de um chiclete seco; minha calça de veludo, cinza como um dia chuvoso; e meu boné dos Mets (e *não* dos Yankees) estava virado para frente. Como um espião tentando se misturar à multidão ou um cara pintando o apartamento no dia de lavar a roupa, evito me vestir com estilo nas discussões em grupo, o que imagino que seja equivalente a aparecer bêbado para uma degustação de vinhos.

Antoine encostou seu punho no meu, com o habitual "Meu chapa, Hunter", enquanto dava uma olhada em Jen, reparando na bola de basquete sob seu braço. Obviamente, achava que ela estava exagerando *demais*. Porém, quando seus olhos chegaram aos tênis, encheram-se de satisfação.

— Belos laços.

— Eu vi primeiro — disse, com firmeza.

Já havia enviado a imagem a Mandy, mas, se Antoine prestasse bastante atenção, o padrão se espalharia pelo Bronx como uma epidemia de gripe. Ou talvez não colasse — nunca se sabe.

Ele ergueu os braços, rendendo-se, e passou a manter o olhar acima dos tornozelos de Jen. Lealdade entre ladrões.

Voltei a me perguntar por que havia levado Jen. Para impressioná-la? Era mais provável que ela ficasse mal impressionada. Para impressionar *os outros*?

Quem se importava com o que eles pensavam? Além de um punhado de corporações bilionárias e cinco ou seis revistas da moda?

— Namorada nova, Hunter? — Hillary Hífen também avaliava Jen, mas de uma forma completamente diferente.

Seus olhos azuis analisaram as roupas da Exilada Sem Marca. O vestido preto, a bolsa preta e os sapatos pretos de Hillary tinham nome e sobrenome, com as iniciais gravadas nas pequenas fivelas douradas. E, como ela, vinham da Quinta Avenida. Ela acabou me poupando do trabalho de responder. — Ah, me esqueci de que nunca houve uma antiga.

— Tão antiga quanto você, tenho certeza que não — disse Jen, sem perda de tempo.

Antoine assobiou e girou sobre um pé, soltando um gritinho, pronto para entrar em ação. Arrastei Jen na direção das cadeiras num dos cantos da sala de reuniões — para dentro do campo de força invisível de Mandy e fora do alcance das garras de cem dólares de Hillary (por mão).

— Oi, Hunter. Obrigada por vir.

Mandy estava com seus trajes corporativos, de vermelho e branco, toda arrumada. Observava o painel de controle da sala de reuniões, talvez intimidada por sua complexidade de nave espacial. Ao apertar um botão, cortinas começaram a se mover, tapando a vista do Central Park que tínhamos do sexagésimo andar. Depois de outro movimento, hesitante, painéis de madeira se abriram numa parede, revelando uma TV que provavelmente havia custado mais do que um Van Gogh e era muito mais plana.

— Esta é a Jen.

— Belos laços — comentou Mandy, sequer olhando pra baixo, porém fazendo o Gesto.

Pude ver uma impressão da fotografia que eu havia tirado dos cadarços presa à prancheta. O estilo estava pronto para produção em massa.

Ofereci uma cadeira a Jen e sussurrei:

— Ela gostou de você.
— Isto tudo é muito esquisito — respondeu Jen.
— É.
Hillary Hífen, que havia acabado de completar dois-ponto-zero, conseguiu manter a boca fechada, enquanto as luzes se apagavam.

O comercial era ambientado no tradicional mundo de fantasia do cliente. Uma noite chuvosa, com tudo molhado, estiloso e bonito, pontuado por reflexos azulados em todas as superfícies de metal. Três modelos vestidos com produtos do cliente estão de saída de seus trabalhos, ao som do novíssimo remix feito por um DJ alemão de uma música mais velha do que Hillary. Um dos modelos pilota uma linda motocicleta, outro está numa bicicleta de umas cinqüenta marchas e o último (uma mulher, detalhe muito importante) segue a pé, pisando em poças que refletem o sinal de "Pare".
— Ah, entendi. *Corra* — sussurrou Jen.
Dei uma risada. A língua do cliente contém apenas umas dez palavras, mas pelo menos todos são fluentes nela.
Adivinhem! Os três modelos estão a caminho do mesmo bar da moda, que parece uma mistura de fábrica de sofás de veludo e sala de cirurgia. Todos pedem cervejas reluzentes, sem marca, e parecem empolgados por se encontrarem, sentindo a energia de suas jornadas glamourosas pelo mundo da fantasia.
— Estar em movimento é divertido — sussurrei.
— E se divertir é bom — concordou Jen.
O anúncio chegou a um fim emotivo, com nossos heróis deixando as cervejas intocadas no balcão, tendo decidido con-

tinuar em movimento. Imagino que iam dar uma volta/corrida juntos. Isso não seria meio estranho? Enfim.

As luzes se acenderam.

— E então? — perguntou Mandy abrindo os braços. — O que achamos de *Pare*?

É engraçado darem títulos a anúncios, como se fossem filmes. Mas só os diretores — e pessoas como eu — conhecem esses títulos.

— Gostei da moto — comentou Tina Catalina. — As motos urbanas japonesas estão com tudo.

Os olhos de Mandy voltaram-se para Hiro Wakata, Senhor de Todas as Coisas Sobre Rodas, que respondeu com o Gesto. Ela marcou um item em sua prancheta. Eu achava que as motos americanas estavam na moda, mas aparentemente os especialistas da área haviam decidido uma coisa diferente.

— Remix irado — disse Lexa Legault, recebendo o apoio dos outros especialistas em cibercultura.

O DJ alemão foi aprovado.

— Grandes tênis — disse Trez, só para interromper o silêncio.

Ele e Antoine teriam aprovado os calçados meses antes. Modelos que não pegavam no Bronx acabavam enviados à Sibéria, ou Nova Jersey, ou algum lugar parecido.

Além do mais, a degustação não tinha realmente os tênis como objeto. A questão era perceber se os pequenos elementos do mundo da fantasia se encaixavam ou não.

— O lugar aonde eles foram era o Plastique? — perguntou Hillary Hífen. — Esse bar já perdeu o apelo.

Mandy fez uma anotação na prancheta.

— Não, é algum lugar em Londres.

A resposta serviu para Hillary calar a boca. O cliente era muito esperto. Tinha rodado as externas em Nova York e as cenas de interiores em outro continente. Ninguém queria que a realidade acabasse invadindo o mundo da fantasia. A realidade fica ultrapassada muito rápido.

— E então, gostamos? — perguntou Mandy ao grupo. — Alguma coisa pareceu errada para vocês?

Ela olhou ao redor, ansiosa. Identificar coisas legais era apenas metade do nosso trabalho. A parte mais importante consistia em perceber o que *não* era legal, antes que se tornasse um problema. Como um piloto de corrida, o cliente se preocupava mais em não bater e ver o carro pegar fogo do que em liderar cada volta.

A sala permaneceu em silêncio. Mandy, satisfeita, já estava botando a prancheta na mesa.

Foi então que Jen abriu a boca.

— Fiquei um pouco incomodada com o esquema falta-uma-mulher-negra.

Mandy pareceu surpresa.

— Incomodada com o quê?

Jen fez uma cara sem graça, sentindo os olhos voltados para ela.

— É isso mesmo, entendo o que ela está dizendo — interferi, apesar de ser mentira.

Jen respirou fundo para reorganizar suas idéias.

— O que estou tentando dizer é o seguinte. O cara da moto era negro. O cara da bicicleta era branco. A mulher também era branca. É sempre essa formação, entendeu? Como se todo mundo estivesse representado. Mas não é verdade. Chamo isso de esquema falta-uma-mulher-negra. Acontece muito.

Mais um momento de silêncio. Estava todo o mundo pensando. Finalmente Tina Catalina soltou um longo suspiro de reconhecimento.

— Como naquele seriado *The Mod Squad* — disse ela.

— Isso — concordou Hiro. — Ou os três personagens principais de...

Ele mencionou uma determinada trilogia de filmes de ciber-realidade e *kung fu* em câmera lenta cujo título termina em xis. Por contar como marca, o nome não será citado nestas páginas.

Depois disso, foi uma enxurrada de citações. Nomes de histórias em quadrinhos, filmes e seriados saíram dos lábios de todos os presentes. Os bancos de dados de cultura pop corriam atrás de mais exemplos do esquema falta-uma-mulher-negra, até que Mandy pareceu prestes a chorar.

Ela jogou a prancheta no chão.

— Isso é algo que eu *devia saber*? — perguntou ela, irritada, enquanto seus olhos percorriam a mesa.

Um silêncio preocupado tomou conta da sala de reuniões. Senti-me como o ajudante de um gênio do mal quando algo dá errado naquela série de filmes de espionagem — como se Mandy fosse apertar um botão no painel de controle para nos ejetar pelo teto, com cadeiras e tudo, na direção de um lago qualquer no Central Park.

Mas Antoine limpou a garganta e nos salvou das piranhas:

— Ei, eu nunca tinha ouvido falar desse falta-uma-não-sei-o-quê.

— Eu também não — disse Trez.

Lexa Legault, que teclava algo em seu notebook, acrescentou:

— Não encontrei nada. Nenhum resultado relevante no...

Ela citou um certo mecanismo de busca cujo nome significa um número muito extenso. (Ah, deixa para lá. Não vou chegar muito longe nesta história se não puder dizer "Google".)

— Não é nada de mais — disse Jen. — Foi só algo que me veio à cabeça.

— É, quem ainda assiste a *The Mod Squad* hoje em dia? — comentou Hillary Hífen, revirando os olhos até dar de cara com Jen.

Ela pareceu finalmente satisfeita por ver as crianças em seu devido lugar.

A vermelhidão no rosto de Mandy começou a diminuir. Ela não havia permitido que o cliente ignorasse uma tendência, um novo conceito vital, algo capaz de mexer com a juventude. Tratava-se apenas de um pensamento aleatório que não existia até a reunião daquele dia.

No entanto, logo depois de o encontro se encerrar e Mandy me pagar (a nós dois, na verdade), ela me lançou um olhar frio, e percebi que estava encrencado. Alguma coisa tinha acabado de ser inventada e ia se espalhar. Pela própria natureza da reunião, o EFMN havia vivido seu último dia de anonimato no Google. O cliente teria cerca de uma semana para botar o anúncio no ar e tirá-lo antes que a bombástica constatação de Jen o deixasse tão ultrapassado quanto um seriado policial dos anos 1970.

O olhar de Mandy me dizia que eu havia feito algo indesculpável.

Tinha levado uma Inovadora a uma degustação com entrada permitida apenas a Criadores de Moda.

CAPÍTULO TRÊS

NO TOPO DA PIRÂMIDE ESTÃO OS INOVADORES.

O primeiro garoto a prender a carteira a uma corrente. O primeiro a usar calças grandes demais de propósito. A mergulhar um jeans em ácido, enfiar um alfinete em algo ou vestir um moletom com capuz por baixo de uma jaqueta de couro. O lendário primeiro cara a usar um boné *virado para trás*.

À primeira vista, a maioria dos Inovadores não parece tão legal, pelo menos em relação a ser uma referência de estilo. Sempre existe algo de estranho neles. Como se não se sentissem à vontade no mundo. Na verdade, a maior parte dos Inovadores é composta de Exilados Sem Marca, que tentam se virar com uma dúzia de peças de vestuário, imunes às mudanças da moda.

No entanto, como no caso dos cadarços de Jen, há sempre uma coisa que se destaca num Inovador. Algo novo.

No nível seguinte da pirâmide estão os Criadores de Moda.

A meta de um Criador de Moda é ser a *segunda* pessoa no mundo a embarcar na última febre. Está atento a inovações; sempre pronto para entrar na onda. Mais importante do que isso, porém, é que os outros ficam de olho nele. Diferentemente de um Inovador, ele *é* bacana; portanto, quando adere a uma novidade, ela se *torna* bacana. A função mais importante de um Criador de Moda é de controle, ou seja, ser o filtro que separa os Inovadores de verdade dos malucos que se vestem com sacos de lixo. (Fiquei sabendo, contudo, que nos anos 1980 alguns Criadores de Moda se vestiram mesmo com sacos de lixo. Sem comentários.)

Abaixo deles estão os Primeiros Compradores.

Eles sempre têm o celular mais moderno, o MP3 player mais novo ligado ao ouvido. São os caras que baixam o trailer um ano antes do lançamento do filme. (À medida que os Primeiros Compradores envelhecem, seus armários enchem-se de mídia pré-histórica: vídeos em Betamax, discos laser e fitas de oito canais.) Eles testam e adaptam as tendências, tornando-as mais palatáveis. Há uma diferença vital em relação aos Criadores de Moda: os Primeiros Compradores viram seus produtos pela primeira vez em revistas, e não nas ruas.

Descendo mais um nível na pirâmide, encontram-se os Consumidores. São as pessoas que precisam ver um produto na TV, exibido em dois filmes, em quinze anúncios de revista e num pôster gigante no shopping, antes de dizer: "Ei, isso é bem legal."

E, a esta altura, o produto já não é mais novidade.

Por último, vêm os Retardatários. Até que gosto deles. Orgulhosos com seus *mullets* ou seus penteados no estilo das Panteras, resistem a todas as mudanças, ou pelo menos a todas as mudanças ocorridas depois que saíram do colégio. E, a cada dez anos, percebem com certo incômodo que suas jaquetas de couro marrom, com grandes lapelas, tornaram-se, por um breve período, maneiras.

Mesmo assim, vestem suas camisetas do Kiss, bravamente, e seguem em frente.

Uma regra tácita indicava que os encontros de Mandy eram apenas para Criadores de Moda. Ou ao menos pessoas que haviam sido Criadoras de Moda antes de serem contratadas por ela. Como definir alguém que começa a receber dinheiro por ter estilo?

Um caçador de tendências? Analista de mercado? Vigarista? Uma grande piada?

Jen, porém, não era uma piada. Ganhando ou não cinqüenta dólares por sua opinião. Ela era uma Inovadora. E, como eu devia ter previsto, havia cometido o pecado capital de expor um ponto de vista original.

— Criei um problema para você? — perguntou ela, ao chegarmos à rua.

— Que isso — respondi.

(*Que isso*, na língua do Hunter, significa *sim*.)

— Pode falar. Parecia que Mandy ia explodir.

O comentário me fez rir.

— Está bem. É verdade, você me causou um problema.

Jen suspirou, e seus olhos baixaram, voltando-se para a calçada cheia de chicletes grudados.

— Isso sempre acontece.

— O que sempre acontece?

— Eu dizer algo que não devia.

Uma tristeza tomava conta da voz de Jen. Não podia permitir aquilo. Respirei fundo.

— Quer dizer que sempre que acaba no meio de desconhecidos, e todos eles concordam a respeito de algo, como um novo filme que acham ótimo, ou uma banda que adoram, ou qualquer novidade supermaneira, você não consegue evitar dizer que aquilo não passa de lixo? (Porque é mesmo.) E todos ficam olhando para você?

Jen parou bem em frente da loja da NBA, boquiaberta, enfeitiçada pela impiedosa vitrine panorâmica dominada por logotipos de times. O brilho me ofuscou.

— É, acho que é isso — disse ela. — Quero dizer, é *exatamente* isso.

Dei um sorriso. Eu já havia conhecido alguns Inovadores antes. Ser um deles não era uma das coisas mais fáceis do mundo.

— E seus amigos não sabem o que fazer com você. Por isso, você fica de boca fechada, não é?

— Bem, é aí que está o problema. — Ela se virou, e continuamos caminhando pelo centro da cidade, enfrentando a multidão de fim de expediente. — Nunca fico de boca fechada.

— Melhor para você.

— Mas foi assim que o deixei numa situação ruim, Hunter.

— E daí? De qualquer maneira, eles não têm como consertar o comercial com uma reedição. E é muito tarde para rodar tudo de novo. Seria pior se você dissesse que a gravata do cara branco estava muito larga. Aí eles realmente teriam de tomar uma providência.

— Ah, agora me sinto bem melhor.

— Jen, você não deve se sentir mal por isso. Você foi a única ali que disse algo interessante. Nós já participamos de uma centena de degustações desse tipo. Talvez tenhamos ficado muito tolerantes.

— É, e talvez também houvesse uma situação EFMN naquela sala.

— Como é?

Olhei para o arranha-céu, ainda visível acima de nós, e meu cérebro rememorou todos os rostos, origens, turmas e tipos de consumidores representados na degustação. Encaixei cada participante em seu lugar no diagrama de Venn do estilo.

Jen estava certa: o grupo era um grande exemplo do esquema falta-uma-mulher-negra.

— Eu nem tinha percebido.

— Jura?

— Juro. — Não consegui evitar um sorriso. — Isto torna ainda mais importante que você tenha falado. Talvez não seja o que Mandy queria ouvir, mas é o que ela precisa ouvir.

Jen permaneceu em silêncio enquanto descemos as escadas do metrô e passamos nossos cartões nas roletas.

Na plataforma, ficamos cara a cara, aproximados pelo movimento da hora do *rush*. Ao nosso redor, havia homens levando seus paletós no braço, por causa do calor do verão, e mulheres que tinham trocado seus sapatos por tênis, sem tirar a roupa de trabalho. (Sempre me pergunto: quem foi a Inovadora por trás *dessa* idéia? Quantos tornozelos e pés ela não salvou?) Jen mantinha os olhos voltados para baixo. Observei sua expressão mudar, com suas sobrancelhas e olhos verdes concentrados em outro debate interno. Um pensamento aleatório me passou pela cabeça. Ela provavelmente fazia caretas para crianças pequenas no metrô quando os pais não estavam olhando. E devia ser muito boa naquilo.

Ela torceu o nariz no ar carregado do verão.

— Mas você não acabou de dizer que não fazia diferença?

— No caso do *Pare*, não. Mas quem sabe para o próximo...

Meu telefone tocou. (Lá embaixo, no metrô. Mesmo correndo risco de estar promovendo um produto, é preciso dizer que esses sujeitos da Finlândia produzem bons aparelhos.)

A palavra *garotadotenis* apareceu no visor.

Essa foi rápida, pensei.

Então, parado naquele lugar, quase certo de que seria dispensado, senti algo engraçado. Percebi que não ligava para o trabalho, o dinheiro ou os tênis de graça. O que me irritava é que ia acontecer na frente da Jen. Ela ficaria mal de novo por me fazer perder meu maior cliente.

— Oi, Mandy.

— Acabei de sair de uma conferência pelo telefone. O anúncio vai ao ar neste fim de semana, sem alterações.

— Parabéns.

— Contei ao cliente sobre o que você e sua amiga disseram.

Abri a boca para dizer que não tinha sido *minha* idéia. Mas, como não ajudaria em nada, engoli as palavras.

— Eles ficaram intrigados — disse Mandy, secamente.

Um trem chegou do outro lado, e a conversa telefônica parou por dez segundos. Jen me observava atentamente, ainda torcendo o nariz. Fiz uma cara de confusão para ela.

O trem entrou no túnel e sumiu.

— Intrigados quer dizer que ficaram furiosos? Que vão contratar um matador de aluguel? — perguntei a Mandy.

— Intrigados no sentido de interessados, Hunter. Eles gostaram de receber uma observação original.

— Ei, Mandy, não leve para o lado pessoal. Só tiro fotos.

— Estou falando sério. Ficaram interessados no que vocês disseram.

— Não o bastante para mudar o anúncio.

— Não, Hunter. Não o bastante para refilmar um anúncio de dois milhões de dólares. Mas querem a ajuda de vocês em outro assunto, uma questão que realmente requer uma opinião autêntica.

— É mesmo? — Meu rosto transmitia a surpresa a Jen. — Que tipo de questão?

— Apareceu na semana passada. É algo meio diferente, Hunter. Algo bem grande. Você precisa ver com seus próprios olhos. E deve manter segredo. Que tal amanhã?

— Hum, acho que pode ser. Mas não fui eu que...

— Me encontre às onze e meia em Chinatown, na esquina da Lispenard com a Church, perto da Canal.

— Combinado.

— E, claro, traga sua nova amiga. Não se atrase.

Mandy desligou, e guardei o celular no bolso. Jen limpou a garganta.

— Então, causei sua demissão, não foi?

— Não, acho que não. — Tentei imaginar Mandy me encontrando em Chinatown, dando uma pancada na minha cabeça e depois me jogando no rio Hudson dentro de um bloco de concreto. — Não, definitivamente não.

— O que ela disse?

— Acho que fomos promovidos.

— Fomos?

Confirmei balançando a cabeça. Estava sorrindo de novo.

— Isso mesmo. Fomos. Tem algum compromisso amanhã?

CAPÍTULO QUATRO

— **JÁ LAVOU AS MÃOS?**

Meu pai faz essa pergunta, no café da manhã, todos os dias desde que comecei a falar. Talvez até antes. Ele é epidemiologista, o que significa que estuda epidemias e passa muito tempo analisando gráficos assustadores sobre disseminação de doenças. Estes gráficos, todos muito parecidos — como a decolagem de um avião de combate —, deixam-no muito preocupado com germes.

— Sim, já lavei as mãos.

Tento responder exatamente do mesmo jeito, toda manhã, como um robô. Mas meu pai não consegue entender.

— Que bom.

Minha mãe deu um sorriso tímido e depois me serviu café. Ela cria perfumes, ou seja, constrói fragrâncias complexas a partir de outras mais simples. Suas criações acabam em lojas da Quinta Avenida. Acho que, uma vez, senti um sopro de uma delas em Hillary Hífen, o que me deixou meio encucado.

— Vai fazer alguma coisa hoje, Hunter? — perguntou ela.

— Pensei em ir a Chinatown.

— Ah, *está na moda* ir a Chinatown agora?

É isso aí. Meus pais não entendem direito meu trabalho. Não entendem nada. Como a maioria dos pais, não entendem o que é estar na moda. Na verdade, não *acreditam* nessa história. Acham que é tudo uma piada, como naqueles filmes antigos em que um cara começa a coçar o sovaco na pista de dança, e todo mundo o imita até que coçar o sovaco vira uma mania. É. É isso aí.

Meus pais gostam de enfatizar a palavra *moda* ao me perguntar sobre as coisas, como se o fato de a pronunciarem num tom irritante fosse me ajudar a enxergar através de sua superficialidade inerente. Ou talvez o conceito seja como uma língua estrangeira e, a exemplo de turistas mal-educados, eles acreditem que, gritando, acabarão sendo entendidos.

Mesmo assim, assinam a pilha de formulários de autorização que trago toda semana. (Como sou menor, preciso de permissão para vender meu cérebro às multinacionais.) E eles *parecem* não se incomodar com as roupas, celulares e outros eletrônicos que recebo de graça pelo correio.

— Não sei, mãe. Acho que algumas partes de Chinatown são legais, e outras não. Não estou à procura de novidades. Só vou me encontrar com uma pessoa.

— E conhecemos essa pessoa?

— Ela se chama Jen. — Meu pai baixou o gráfico assustador e ergueu uma sobrancelha. Mamãe ergueu as duas. — Ela não é minha namorada, nem nada parecido — expliquei, cometendo um grave erro.

— Ah, não é? — disse meu pai, escondendo um sorriso. — Por que está ressaltando isso?

Soltei um lamento.

— Porque você fez aquela cara.

— Que cara?

— Eu a conheci ontem.

— Uau — exclamou mamãe. — Você gosta mesmo dela, não é?

Dei de ombros e revirei os olhos ao mesmo tempo, transmitindo uma mensagem confusa. Torci para que papai associasse o vermelho no meu rosto a um surto repentino de febre do Oeste do Nilo.

Sou muito ligado aos meus pais, mas eles têm essa impressão irritante de que estou escondendo grande parte da minha vida romântica. O que não seria nada de mais, se houvesse uma grande parte a esconder. Ou mesmo uma pequena parte.

Eles esperavam por uma resposta, em silêncio, enquanto eu me escondia atrás da xícara de café. Tragicamente, tudo que consegui dizer foi...

— É, ela é mesmo legal.

Jen já estava lá, usando um jeans sem marca não muito folgado, os mesmos tênis com os cadarços amarrados no estilo sol nascente e uma camiseta preta. Tudo bem clássico.

Ela não me viu imediatamente. Com as mãos nos bolsos, encostada num poste, observava a área. O quarteirão da Lispenard em que Mandy nos encontraria localizava-se entre Chinatown e Tribeca — parte industrial e parte turístico. O movimento na manhã de sexta era principalmente de caminhões de entrega. Empresas de design e restaurantes ocupavam as lojas, com letreiros tanto em chinês quanto em inglês.

Alguns trechos eram cercados com madeira, e pedras apareciam por baixo do asfalto, revelando a verdadeira idade da região. Aquelas ruas haviam sido construídas originalmente pelos holandeses no século XVII.

Todos os prédios ao nosso redor tinham seis andares. A maioria das construções de Manhattan é de seis andares. Se forem mais baixas, não valem a pena. Se forem mais altas, a lei obriga a instalação de um elevador. Os prédios de seis andares são a camiseta preta da arquitetura nova-iorquina.

Disse o nome de Jen assim que ela me viu.

— Não acredito que estou fazendo isso — disse ela.

— Isso o quê?

— Vir até aqui como uma espécie de... *especialista em tendências*.

Dei uma risada.

— É só repetir a expressão *especialista em tendências* mais algumas vezes que você não vai mais se preocupar com o fato de se tornar uma.

Ela revirou os olhos.

— Você entendeu, Hunter.

— Na verdade, não sei muito mais do que você sobre a razão de estarmos aqui. Mandy foi totalmente misteriosa.

Jen olhou para a calçada, onde um anúncio de um novo bar havia sido pintado com tinta *spray*.

— Mas ela pediu que eu viesse junto, não foi?

— Você foi especificamente mencionada.

— Pensei que tivesse complicado tudo.

— Complicar as coisas exige talento. É como eu disse ontem: você tem um bom olho. Mandy quer que demos uma olhada em algo.

— Para saber se é *legal*?

Aparentemente, seria um daqueles dias em que as pessoas só falariam daquilo o tempo todo. Levantei os braços e me rendi.

— Ela disse apenas que precisava de uma opinião original. Só sei disso.

— Opinião original? — Os ombros de Jen se apertaram, como se sua camiseta preta houvesse encolhido na última lavada. — Você nunca acha que seu trabalho é meio esquisito? — Dei de ombros. É o que costumo fazer quando sou confrontado com perguntas filosóficas sobre a caça por coisas que podem virar moda. Jen, entretanto, não engoliu a resposta. — Sabe o que estou querendo dizer, não sabe?

— Veja bem, Jen, a maioria dos trabalhos é esquisita. Meu pai estuda pessoas espirrando umas nas outras, minha mãe ganha a vida inventando cheiros. Algumas pessoas são pagas para escrever fofocas sobre estrelas de cinema, para serem juradas em competições de gatos ou para vender porcos no mercado futuro. E nem sei direito o que é mercado futuro.

Jen franziu a testa.

— Não são opções para comprar porcos no futuro por um preço predeterminado? — Abri a boca, mas não emiti nenhum som. Aquela era uma das minhas frases tradicionais, e nunca alguém havia dado uma explicação. — Meu pai é corretor — desculpou-se ela.

— Então me explique uma coisa: por que alguém compra porcos, para início de conversa?

— Não faço idéia.

Menos mal.

— O que estou tentando dizer é o seguinte: se pessoas são pagas para fazer essas coisas, por que alguém não pode ser pago para descobrir o que tem potencial para se tornar moda?

Jen abriu os braços.

— Isso não deveria simplesmente... *acontecer*?

— Como assim? As coisas teriam um brilho especial ou algo parecido?

— Não. Mas, se algo é realmente legal, as pessoas não deveriam perceber isso sozinhas? Por que precisam de anúncios como *Pare* ou revistas ou olheiros para dizer isso a elas?

— Porque a maioria das pessoas *não está* na moda.

— Como você sabe?

— Dê uma olhada ao seu redor.

Foi o que ela fez. Um cara que passava na hora vestia uma camisa cinco vezes maior que seu tamanho (invenção de membros de gangues para esconder armas na cintura), uma bermuda que ia além do joelho (invenção de surfistas para evitar queimaduras nas coxas) e tênis imensos (invenção de skatistas para proteger os pés de lesões). Juntas, todas aquelas idéias, um dia práticas, davam a impressão de que ele havia sido atingido por um raio encolhedor e estava a ponto de desaparecer dentro das roupas, gritando "Ajudem-me!", com a voz sumindo.

Jen não conseguiu segurar um sorriso. Mais uma vez, menos mal.

— Esse cara precisa da nossa ajuda — disse eu, num tom tranqüilo.

— Esse cara *nunca* vai estar na moda. Mas muita gente fica rica graças às tentativas dele. Foi o dinheiro dele que ganhamos ontem.

Dei um suspiro e olhei para a estreita faixa de céu visível. Percebi bandeiras americanas antigas e castigadas presas em saídas de emergência, balançando lentamente ao vento. Todas tinham sido colocadas no mesmo dia, sem anúncios dizendo às pessoas o que deveriam fazer.

Jen permaneceu em silêncio, provavelmente pensando que eu estava irritado com ela.

Mas não. Estava pensando em 1918.

Por causa de meu pai, sei tudo sobre 1918, ano em que houve uma epidemia *realmente* grave de gripe. Ela atingiu todos os países do mundo. Matou mais gente do que a Primeira Guerra Mundial. Um *bilhão* de pessoas foram contaminadas, quase um terço de toda a população da época.

E o mais impressionante é que o vírus não se espalhou pelo rádio. Ninguém pegou gripe vendo TV ou olhando para a parte de trás de um ônibus. Ninguém foi contratado para disseminá-la. Todos contraíram a doença por meio de apertos de mão e espirros de portadores do vírus. Dessa forma, praticamente todas as pessoas do mundo haviam apertado a mão de alguém que havia apertado a mão de alguém que havia apertado a mão do Paciente Zero (como são chamados os Inovadores do louco mundo da epidemiologia).

Imagine se, em vez de espalhar germes por meio de espirros, todas essas pessoas estivessem dizendo umas às outras: "Caramba, essa nova bala de menta é muito boa! Quer uma?" Em cerca de um ano, um bilhão de pessoas estariam consumindo uma nova bala de menta, sem um centavo gasto em publicidade.

É algo que faz a gente parar para pensar.

O incômodo silêncio se estendeu por algum tempo. Fiquei irritado com meus pais. Se não tivessem me enchido o saco a respeito do meu trabalho de manhã, não teria perdido a paciência com Jen. Ela tinha um ponto de vista perfeitamente razoável sobre caçar tendências. O problema é que me canso de enfrentar as mesmas discussões todos os dias com meus pais. E com outras pessoas. E comigo mesmo.

Tentei pensar em algo para dizer, mas a única coisa que vinha à cabeça era a gripe de 1918, que não me pareceu um tema brilhante de conversa. Às vezes odeio meu cérebro.

Jen acabou quebrando o silêncio.

— Talvez ela não venha.

Conferi as horas no celular. Mandy estava atrasada dez minutos, o que não é normal, considerando que estamos falando de alguém que anda com uma prancheta.

Jen olhava para o fim da rua, na direção de uma estação de metrô, e tive a impressão desagradável de que ela estava pensando em ir embora.

— Certo, desculpe. Vou ligar para ela. — Procurei por *garotadotenis* e apertei a tecla de enviar. Depois de seis toques, caí na caixa postal de Mandy. — Ela deve estar no metrô — disse, pronto para deixar uma mensagem.

Jen fez que não, tocando no meu pulso.

— Desligue e ligue de novo.

— O quê?

— Espere um pouco. — Ela observou um caminhão passando e, em seguida, fez um gesto na direção do celular. — Desligue e ligue de novo.

— Tudo bem.

Concordei porque, afinal, ela era uma Inovadora.

Jen ergueu a cabeça e deu alguns passos para perto de um tapume que cercava um prédio abandonado. Pôs as mãos na madeira e se aproximou, como se realizasse uma leitura paranormal das pichações e dos pôsteres.

Mais seis toques.

— Ahm, Mandy — disse à caixa postal —, você marcou hoje de manhã, não foi? Estamos aqui. Diga onde você está.

Jen virou-se com uma cara estranha.

— Deixe-me adivinhar — disse ela. — Apesar de toda a busca por tendências, Mandy tem realmente excelente gosto em relação a músicas.

— É verdade — respondi. Talvez Jen fosse mesmo paranormal. — Mandy praticamente só ouve...

Citei um supergrupo sueco dos anos 1970, com quatro letras, que conta tanto como banda quanto como marca — e, portanto, está banido deste livro.

— Foi o que pensei — disse Jen. — Venha aqui. E ligue de novo.

Cheguei mais perto e apertei a tecla de enviar novamente.

E, através da frágil parede de madeira, ouvimos um celular tocando uma certa melodia inesquecível.

Take a chance on me...

CAPÍTULO CINCO

— EI! — BATI NA MADEIRA. — MANDY!

Esperamos. Sem resposta.

Liguei mais uma vez para ter certeza.

Take a chance on me... saiu de trás das pichações e dos anúncios que cobriam o tapume.

— É isso mesmo — disse Jen. — O telefone de Mandy está lá dentro.

Nem ela nem eu fizemos as perguntas óbvias: onde estava Mandy então? Num lugar totalmente diferente? Lá dentro, mas inconsciente? Ou num estado pior do que inconsciente?

Jen encontrou um ponto em que duas placas de madeira estavam acorrentadas e as separou o máximo que o grande cadeado permitia. Protegendo os olhos, deu uma espiada pela pequena fresta.

— Mais uma vez, maestro.

Apertei enviar, e a música tocou de novo. O refrão estava começando a me deixar louco, mais normalmente do que acontecia.

— Há um telefone piscando lá dentro — disse Jen. — Mas é tudo que consigo ver.

Recuamos um pouco para ter uma visão melhor do prédio abandonado. As janelas dos andares mais altos tinham acabamento de blocos de cimento, como olhos cinza mortos nos observando. Havia arame farpado enrolado em cima do tapume, em torno do andar térreo, com pedaços de sacos plásticos tremulando nas pontas cortantes. Um pedaço de fita cassete do tamanho de um braço também estava preso ao arame, e o vento leve o fazia se agitar e brilhar ao sol.

O prédio devia estar abandonado havia meses. Talvez anos. Fala sério: fita *cassete*?

— Não temos como entrar — disse, antes de perceber que falava sozinho.

Jen estava na porta do prédio seguinte, nos degraus da entrada, apertando um monte de botões aleatoriamente. Até que, pelo interfone, uma voz alterada perguntou do que se tratava.

— Entrega — disse ela, em alto e bom som.

A porta destravou. Ela a abriu, deu um passo para dentro do prédio e agitou o braço, esperando impacientemente que eu a seguisse.

Engoli em seco. Aquele era o preço por andar com uma Inovadora.

Contudo, como devo ter mencionado ou sugerido, sou um Criador de Moda. Nossa missão na vida é sermos os segundos na fila. Estamos sempre seguindo. Subi os degraus e alcancei a porta no momento em que esta destravou de novo, e ela entrou.

No fim do terceiro lance de escadas, havia um homem de cabelo desgrenhado esperando, só com a cabeça do lado de fora de uma porta. Ele nos olhou com cara de sono.

— O cara da entrega está vindo atrás de nós — disse Jen, enquanto continuava subindo.

Passamos pelo sexto andar e, meio lance de escada depois, chegamos à porta que levava ao telhado. Havia uma espécie de grade ali, um cuidado comum para evitar que pessoas entrassem no prédio pelo terraço. Logicamente, a porta podia ser aberta por dentro, para casos de incêndio, mas por cima da barra de empurrar havia um grande adesivo vermelho:

ATENÇÃO: O ALARME SOARÁ SE A PORTA FOR ABERTA

Eu estava ofegante, recuperando-me da subida e aliviado por ver que não podíamos ir além. Ainda que Jen fosse uma Inovadora, invadir um prédio abandonado não me parecia uma coisa legal. Depois de pensar por um minuto, comecei a achar que devíamos chamar a polícia. Mandy poderia ter sido assaltada, e seu celular, jogado no prédio.

Mas onde estava ela?

— Sabe qual é o truque desses alarmes? — perguntou Jen, encostando o dedo levemente na barra.

Meu alívio desapareceu.

— Existe um truque?

— Sim. — Ela empurrou a barra, e um barulho ensurdecedor espalhou-se pelas escadas, num volume alto suficiente para ser ouvido por todo mundo em Chinatown. — Eles acabam parando sozinhos! — gritou ela, em meio ao ruído, antes de disparar pela porta.

Tapei os ouvidos e olhei para baixo, à espera de moradores incomodados aparecendo nas portas. Mas acabei seguindo Jen.

O terraço era de piche pintado de prata para evitar que o sol do verão fritasse as pessoas que viviam no último andar.

Circulamos por ele com o alarme ainda gritando como uma imensa e raivosa chaleira atrás de nós.

O outro prédio, aquele que queríamos invadir (correção: que *Jen* queria invadir — eu só a estava acompanhando), era um pouco mais baixo. Uma queda de aproximadamente dois metros. Ela se sentou na beirada e pulou, caindo no piche preto com um som de pancada que pareceu doloroso.

Fui descendo agarrado à beirada, para ficar na menor altura possível, mas mesmo assim consegui torcer o tornozelo.

Disse alguns palavrões enquanto mancava atrás de Jen. Era tudo culpa do cliente. Entre cem pares de tênis que recebi, não havia um único modelo projetado para invasões urbanas.

A porta do terraço do prédio abandonado abriu com um rangido metálico, presa a uma dobradiça como um ombro deslocado. Atrás dela, encontramos uma escada escura que cheirava a poeira, lixo e tinha um fedor tão desagradável quanto o do apartamento dos meus pais naquela vez em que apareceu um rato morto na parede.

Jen olhou para mim, mostrando um pouco de hesitação pela primeira vez.

Abriu a boca para falar, mas naquele exato momento o alarme do outro prédio parou, pegando-nos de surpresa.

Em meio à campainha que ainda ecoava nos meus ouvidos, achei ter escutado uma reclamação vinda do outro terraço.

— Vamos — sussurrei.

Descemos na escuridão.

Quando ando por Nova York, olhando para cima, costumo imaginar o que acontece atrás de todas aquelas janelas. Especialmente as vazias.

Já estive em festas em prédios antigos assumidos por empreendedores que realizaram os consertos por conta própria. E todo mundo sabe que malucos e moradores de rua ocupam prédios abandonados, habitando uma realidade invisível atrás de janelas impessoais e blocos de cimento. Há boatos de que Chinatown tem um governo secreto, um sistema ancestral de leis e obrigações trazido da terra natal, que eu sempre imaginei comandado de dentro de um lugar em ruínas como este, sede de reuniões, julgamentos e punições. Basicamente, qualquer coisa poderia estar acontecendo atrás daquelas janelas.

Mas nunca imaginei que eu mesmo descobriria a verdade.

O ar estava pesado devido ao sol do verão. Ao descer, Jen deixava para trás nuvens de poeira, que eu via contra os poucos feixes de luz. Seus tênis marcavam os degraus, o que me tranqüilizava um pouco. Talvez ninguém costumasse passar ali. Talvez alguns prédios ficassem simplesmente... vazios.

A cada andar que descíamos ficava mais escuro.

Jen parou depois de três lances, esperando nossos olhos se acostumarem e ouvindo o silêncio atentamente. Meus ouvidos ainda zumbiam por causa do alarme, mas, ao que tudo indicava, ninguém do outro prédio havia nos seguido.

Quem faria uma loucura dessas?

— Você tem fósforo? — perguntou Jen, baixinho.

— Não, mas isto aqui deve servir.

Botei meu celular no modo câmera digital, tomando o cuidado de virá-lo de lado, para que a luminosidade do visor não me ofuscasse. O aparelho brilhava como uma pequena lanterna na escuridão. Era um truque útil para achar as chaves quando chegava tarde em casa.

— Caramba, existe alguma coisa que esse telefone não faça?

— É inútil contra malucos — respondi. — Ou contra os agentes do governo secreto de Chinatown.

— Os o quê?

— Depois explico.

Descemos os três últimos lances com o celular emitindo feixes de uma exótica luz azul que dava uma aparência fantasmagórica às nossas sombras vacilantes.

Desliguei a iluminação do celular quando chegamos ao térreo. Com nossos olhos acostumados à escuridão, os feixes de luz do sol que passavam por pequenas frestas do tapume pareciam brilhar tanto quanto uma fileira de holofotes. O teto era alto, e o piso se estendia sem obstáculos, exceto por algumas poucas colunas retangulares. O que antes tinham sido vitrines agora não passavam de buracos na parede. Só as placas de compensado nos separavam da rua. Nem pedaços de vidro havia mais.

— Alguém está usando este pavimento — observou Jen.

— O que você quer dizer com isso?

Ela arrastou um dos pés pelo ambiente de concreto até uma parte iluminada.

— Não tem poeira.

Ela estava certa. A luz do sol mostrava que não havia poeira em torno do seu tênis. O piso tinha passado por uma limpeza recentemente.

Deslizei o dedo até sentir o formato familiar do botão de enviar. Um instante depois, a singela melodia que valeu um disco de platina começou a tocar, vinda de um canto distante.

Enquanto percorríamos o recinto, dando passos cuidadosos, vi que havia pilhas de pequenas caixas encostadas à parede mais próxima do celular que piscava. Realmente alguém estava usando o prédio como depósito.

Jen se ajoelhou e pegou o telefone, verificando a área próxima.

— Não há mais nada da Mandy por aqui. Ela costuma usar bolsa?

— Não, só uma prancheta. Se tivesse sido assaltada, roubariam esse tipo de coisa?

— Talvez tenham jogado o telefone aqui só para ela não poder pedir ajuda.

— Talvez... — disse eu, com a voz sumindo.

Por vontade própria, minha mão se aproximou das caixas empilhadas, atraídas pela força da familiaridade e do desejo. Passei os dedos pelas tampas, separadas umas das outras por dez centímetros. As caixas eram de tamanho e formato comuns, tão familiares que, à primeira vista, eu nem as havia identificado.

Caixas de sapato.

Ergui-me e peguei uma do alto de uma pilha. Ao abri-la, senti o cheiro de carro novo que exalava do plástico. Ouvi um farfalhar de papel e senti o plástico, a borracha e um cadarço. Tirei o par da caixa e o botei no chão, sob um feixe de luz.

Jen engoliu em seco, e dei um passo para trás, de olhos arregalados diante do esplendor surpreendente dos cabedais, cadarços, línguas e solas. Nenhum de nós dois abriu a boca, mas percebemos imediatamente.

Eram os tênis mais maneiros que já havíamos visto.

CAPÍTULO SEIS

ANTOINE TINHA ME CONTADO A HISTÓRIA DOS TÊNIS VÁRIAS vezes.

No início, final da década de 1980, o cliente dominava. Um determinado jogador de basquete (cujo nome, na prática, tornou-se uma marca) o transformou em dono do mercado. A indústria também se transformou, e os tênis ganharam sistemas de ar, fechos de velcro, compartimentos com gel e lâmpadas. Novos modelos apareciam a cada temporada e, depois, todo mês. Antoine começou a comprar dois pares de cada — um para calçar e outro para guardar, como os colecionadores de revistas em quadrinhos.

Depois, obviamente, veio o estouro da bolha. As pessoas queriam tênis, não naves espaciais. Os Inovadores começaram a vasculhar lojas em busca dos modelos simples de sua infância. Os Criadores de Moda passaram a exigir categorias inteiramente novas: tênis para skate, *snowboard*, surfe, caminhada, corrida e qualquer atividade esportiva (até os pára-quedistas devem ter modelos específicos). E, para tornar a vida das secretárias mais prática, apareceram os híbridos, elegantes na parte de cima, porém com solado de borracha.

O cliente — com seus tênis sedutores, mirabolantes e espetaculares — perdeu espaço. O mundo que havia dominado tinha desaparecido, pulverizado numa colcha de retalhos de tribos, grupos e nichos, como um bairro controlado por uma gangue diferente a cada quarteirão.

No entanto, o par diante de nós lembrava os clássicos que Antoine guardava orgulhosamente em caixas, no Bronx. Reminiscências de anos dourados e mais simples. Nada de naves espaciais. Apenas tênis que despertavam confiança, vitalidade e autoridade.

Simplesmente legais.

— Caramba — exclamou Jen.
— É, eu sei.

Por puro instinto, apontei o celular para os tênis e tirei uma foto.

— Caramba — repetiu ela.

Estiquei o braço, que reluziu sob o feixe de luz, como se os tênis estivessem me tocando com sua mágica. A textura dos cabedais era algo que eu nunca tinha sentido, resistentes e flexíveis como lona, mas dotados de um brilho metálico. Os cadarços escorriam pelos meus dedos com a suavidade de barbantes de seda. Os ilhós pareciam ter minúsculos raios que se viravam quando eu torcia o tênis, usando o mesmo efeito dos cartões tridimensionais, que mudam de acordo com o ângulo de visão.

Mas não eram essas características que tornavam os tênis incríveis. Era a forma como me convidavam a calçá-los, a certeza de que eu seria capaz de voar com eles nos pés. A necessidade de comprá-los *imediatamente*.

Uma sensação que eu não tinha desde os dez anos.

— Então era isso que Mandy queria que víssemos — disse Jen.

— Só pode ser — respondi. — O cliente deve estar mantendo isso em segredo absoluto.

— O cliente? Preste mais atenção, Hunter.

Ela apontava para um círculo de plástico que cobria uma parte da língua em que a logomarca do cliente se destacava em branco, cheia de orgulho. Com meu cérebro se recobrando gradualmente do estado de encantamento, notei o que Jen já tinha percebido desde o início. A logomarca — um dos símbolos mais conhecidos do mundo, ao lado da bandeira branca da paz e dos arcos dourados — havia sido atravessada com uma linha diagonal num vermelho bem vivo.

Como uma placa de proibido fumar. Como uma placa de proibido-qualquer-coisa. A faixa cruzada: um símbolo de proibição conhecido no mundo inteiro.

Era uma antilogomarca.

— Produtos piratas — sussurrei.

Tratava-se de outra atividade comum nos cantos obscuros de Chinatown. Em corredores de pequenas e discretas lojas da Canal Street, podiam-se comprar relógios e calças jeans, bolsas e camisas, carteiras e cintos, tudo com etiquetas de grifes famosas costuradas à mão. Tudo barato e falsificado. Havia algumas cópias grosseiras, outras bastante passáveis e poucas que exigiam um olho tão treinado quanto o de Hillary Hífen para detectar a costura errada denunciadora.

Mas eu nunca tinha visto uma falsificação *melhor* do que o produto original.

— Não é exatamente um produto pirata, Hunter. O próprio tênis diz que não é o original.

— É verdade. Acho que um falsificador não faria isso.

— Mas quem *faria* algo assim? Qual é o sentido de um produto pirata não-pirata?

— Não sei — respondi. — Eles são tão *perfeitos*. São os tênis perfeitos que o cliente nunca conseguiu criar.

Jen balançou a cabeça.

— Mas Mandy nos chamou aqui. Ela trabalha para outra empresa além do cliente?

— Não, ela é exclusiva. — Franzi a testa. — Talvez estes tênis sejam mesmo deles. Talvez tenham um plano genial de reinventar a marca como seu oposto. Ou talvez estes tênis devam parecer pirata apesar de não ser. Aí, depois que eles se tornem populares *demais*, e isso acontecerá, o cliente absorverá a reação e voltará a ser bem aceito. Talvez seja um produto pirata irônico.

Confusos? Pois acreditem: aquilo estava fazendo minha cabeça doer. E é meu trabalho pensar dessa forma.

— Que loucura — comentou Jen. — Ou talvez seja genial. Ou qualquer coisa.

— Qualquer coisa *realmente* bacana.

— Então, onde está Mandy?

— Ah, é.

Mandy ainda estava desaparecida. O que aquilo significava?

Jen e eu ficamos sentados, compartilhando um instante de surpresa, contemplação e do prazer voluptuoso de apenas olhar.

Foi quando ouvi um barulho vindo de algum ponto da escuridão atrás de nós.

Desviei os olhos dos tênis e me virei para Jen. Ela também tinha ouvido.

Voltando-me para a escuridão, percebi que minha visão noturna havia se perdido com os minutos de observação dos tênis, sob o sol. Estava cego, mas imaginei que qualquer um que estivesse ali conosco podia nos ver perfeitamente.

— Que merda — exclamei.

Com um leve barulho de papel, Jen pegou os tênis e os amarrou, pendurando-os no pescoço.

Levantei-me e logo percebi que um dos meus pés estava dormente. Previsível. Eu poderia ter morrido de inanição apenas admirando aqueles tênis.

Pequenos pontos de luz dançavam nos cantos do meu campo de visão, com bastonetes e cones em agitação, tentando retornar ao funcionamento normal e me ajudar a enxergar de novo. Um vulto se moveu na escuridão e passou por nós em direção à escada. Era algo grande e gracioso. E totalmente silencioso.

— Oi? — perguntei, com uma voz máscula, mas um pouco falhada.

A figura parou de se mexer e sumiu na escuridão de novo. Por um momento, achei que fosse uma alucinação.

E, então, Jen entrou em ação.

Chutou um dos pedaços de compensado presos com correntes, abrindo um buraco e, por um ofuscante momento, a luz do sol invadiu o recinto por trás de mim. A claridade revelou um sujeito grande, de cabeça raspada — intimidador, porém menos aterrorizante do que o fantasma que eu havia imaginado —, protegendo os olhos da claridade.

— Corra! — gritou Jen.

Disparei a tempo de escapar da torre de caixas de tênis, que desmoronou, graças a mais uma idéia de Jen. Mas as embalagens viraram obstáculos espalhados pelo meu caminho. Assim, meus tênis repentinamente sem graça pisotearam as caixas novas em folha, de uma forma que me causou dor. (Antoine sempre me ensinou a valorizar a caixa original tanto quanto os próprios tênis.) Mesmo assim, consegui passar pelo cara, alcançando as escadas logo depois de Jen.

Subimos correndo. Aos poucos, Jen se distanciava de mim, e ouvi nosso perseguidor se aproximando. Eu avançava às cegas, apalpando os degraus sujos, na tentativa de subir mais rápido. Esbarrava nas paredes à medida que a escada fazia curvas num lento círculo em sentido horário. Meu tornozelo torcido latejava a cada degrau vencido.

Depois de quatro andares, fiquei sem fôlego; o sujeito estava perto o bastante para eu perceber que sua respiração mal havia se acelerado.

No último lance de escada, senti dedos agarrando meu tornozelo, mas escorregaram antes de serem capazes de me derrubar.

Finalmente, alcancei a luz do sol. Pisquei os olhos para me acostumar à claridade e dei de cara com o desnível de dois metros que me separava do terraço do outro prédio. Jen já estava lá no alto. Imaginei se seus cadarços em forma de sol nascente lhe davam superpoderes para correr e saltar.

— Hunter, abaixe-se! — berrou ela.

Obedeci.

Os tênis mais incríveis do mundo passaram por cima da minha cabeça, amarrados um ao outro, girando como uma boleadeira. Ouvi um grunhido e um golpe surdo depois que eles se enroscaram nas pernas do meu perseguidor e o derrubaram, tão pesado quanto um saco de batatas.

Se tudo não houvesse acontecido tão rápido, eu certamente teria dito: "Não me salve. Salve os tênis!"

Em vez disso, subi a parede e vi Jen forçando a grade do outro terraço.

— Está trancada! — gritou.

Ela saiu correndo de novo e desapareceu ao pular para um prédio mais baixo. Fui atrás, mancando.

Três prédios depois, achamos um terraço com a porta aberta. Chegamos à rua e pegamos um táxi.

Só então percebi que havia deixado meu celular cair em algum lugar no meio da escuridão.

CAPÍTULO SETE

— **MEU CELULAR!**

Era a tradicional reação de pânico: como se tivesse sido eletrocutado, meu corpo se enrijeceu no banco de trás do táxi, e minhas mãos se enfiaram mais fundo nos bolsos, até os domínios das fibras de algodão e das moedas de um centavo.

Mas o maravilhoso aparelho finlandês não reapareceu magicamente. Havia sumido.

— Você o deixou cair? — perguntou Jen.

— Deixei.

Lembrei-me dos tropeções no escuro, de como havia usado as mãos para me arrastar pela escada. Em nenhum momento eu o tinha posto de volta no bolso.

— Droga. Achei que você pudesse ter tirado uma foto do cara.

Olhei incrédulo para Jen.

— Acho que não. Estava mais preocupado em fugir.

— Ah, claro. Fugir era prioridade. — Ela deu uma risadinha. — Foi uma fuga legal. — Meu rosto provavelmente indicou discordância. — Qual é, Hunter. Você não se importa em correr um pouco, não é?

— Não me importo em correr, Jen. Mas me importo, sim, em correr para *salvar a vida*. Da próxima vez que invadirmos um lugar, vamos simplesmente...

— O quê? Fazer uma votação antes?

Respirei fundo e deixei o balanço do táxi me acalmar.

— Vamos evitar que aconteça de novo — disse eu, soltando outro resmungo. — Eu tinha uma foto dos tênis.

— Droga.

Permanecemos em silêncio por um momento, lembrando do equilíbrio perfeito de estilo discreto, do desejo que crescia lentamente e da atração infantil que aqueles tênis provocavam.

— Eles não podem ser tão bons quanto pensamos — comentei.

— Boa tentativa. Mas eram.

— Merda. — Verifiquei os bolsos mais uma vez. Vazios. — Nada de telefone, nada de tênis, nada de Mandy. É um desastre completo.

— Nem tanto, Hunter.

Jen mostrou algo quase idêntico ao meu celular, exceto pela cor diferente.

Claro. Era o celular de Mandy. Ela tinha o mesmo modelo (com a frente vermelha translúcida). Era uma Primeira Compradora dedicada e, como eu, usava o telefone para negócios. Na véspera, eu havia lhe enviado uma fotografia dos cadarços de Jen.

— Bem, isso já é alguma coisa.

Jen concordou. Podem-se conseguir muitas informações com base no celular de uma pessoa.

Ela começou a passear pelo menu, piscando os olhos diante do brilho do visor. O som das teclas me dava uma sensação estranha, como a de bisbilhotar os bolsos de alguém.

— Não deveríamos chamar a polícia ou algo parecido? — perguntei.

— E o que diríamos? Que Mandy faltou a um compromisso? Você não assiste a seriados policiais? Ela é adulta. Não pode ser dada como desaparecida antes de 24 horas.

— Acontece que achamos o celular dela. Não parece suspeito?

— Talvez ela o tenha deixado cair.

— E quanto ao sujeito que nos perseguiu? E os tênis?

— É, poderíamos contar isso aos policiais. Contar como invadimos um prédio abandonado e vimos os tênis mais incríveis do mundo. E que depois um careca maluco apareceu, e saímos correndo. Seria ótimo para nossa credibilidade.

Fiquei quieto por um instante, sem argumentos, mas ainda incomodado.

— Jen, Mandy é minha amiga.

Ela se virou para mim, pensou um momento, e depois concordou com a cabeça.

— Você está certo. Devemos falar com a polícia. Mas, se eles nos derem ouvidos, vão ficar com o telefone de Mandy.

— E daí?

Jen olhou para o pequeno visor.

— Talvez ela tenha tirado algumas fotos.

Pedimos para o taxista parar, pagamos e descemos bem em frente a um café no estilo sala de estar: sofás antigos, Internet de banda larga e café forte, servido em xícaras do tamanho de tigelas.

Antes mesmo de passarmos pela porta, percebi uma luz na pulseira de Jen.

— O que é isso?

Ela sorriu.

— É um detector de Internet sem fio. Sabe, assim não preciso ligar o notebook para verificar se dá para usar Internet no local.

Fiz o Gesto. Havia visto aquilo em revistas. Era muito útil para descobrir quais cafés e hotéis ofereciam Internet sem fio. Mas usar o aparelho como acessório era típico de uma Inovadora.

Sentamos em um sofá e nos juntamos para ver o celular de Mandy. Nossas cabeças quase se encostavam tentando enxergar os pixels da pequena tela. O telefone não tinha sido projetado para dois usuários, mas eu que não ia reclamar. Àquela distância, podia sentir o perfume dos produtos que Jen usava no cabelo, um toque de baunilha misturando-se ao cheiro de sofá antigo e de café moído. Também sentia o calor de seu ombro encostado no meu.

— Algum problema? — perguntou ela.

— Ahn? Não.

Lembrete para mim mesmo: não é legal ficar emocionado com um contato casual.

Executei o software da câmera. Meus dedos deslizaram sobre a interface cruelmente familiar. (Talvez os finlandeses me enviassem outro.) O menu mostrou cinco imagens, na ordem em que foram registrados. Depois de apertar outra tecla, uma cabeça peluda laranja encheu a tela.

— Esse é o gato de Mandy, Muffin. Ele come baratas.
— Animal muito útil.

No clique seguinte, apareceu uma jovem latina, rindo e tentando evitar a câmera, com o café da manhã servido na parte de baixo da imagem.

— Esta é Cassandra, a colega de quarto. Ou namorada, ninguém sabe ao certo.

— Deve ser namorada — disse Jen. — Ninguém se dá ao trabalho de tirar fotos da colega de quarto.

— Talvez não. Mas, assim que ganhei o telefone, eu tirava fotos até da minha gaveta de meias.

Ela segurou meu braço.

— Como conseguirá viver sem ele?
— Nem posso chamar isso de viver.

Cliquei de novo. Um sujeito usando uma boina preta. Talvez um pouco mais molenga do que as da última onda de boinas. Era uma foto de Caçadora de Tendências.

— A marca é muito grande, os lados são muito estreitos — comentou Jen. — E ninguém usa boina no verão.

— E a camisa parece muito suburbana — acrescentei. — Não é o tipo de coisa que se veria em Chinatown. — Dei uma olhada na data da foto. — Foi tirada ontem.

A foto seguinte pegou Jen de surpresa. Era um tênis. O tênis *dela*, facilmente reconhecível pelos laços em forma de sol nascente. Consegui ver até as figuras hexagonais da passarela do parque East River.

— Esse aí é...? Essa é a foto que...

— Ahn, é, eu a enviei à Mandy — confessei. Ela se afastou. Seus olhos me fuzilaram. Senti a intimidade que começava a surgir naquele sofá antigo se desfazendo. — Você já entendeu como ganho a vida, não entendeu?

— Entendi. Mas não digeri ainda. — Ela olhou para os cadarços. — Estou tentando decidir se me sinto invadida.

— Hum, que tal lisonjeada?

— Peraí... Mas o que, exatamente, Mandy pretendia fazer com isso?

— Dar uma olhada. Talvez ela passasse adiante na cadeia alimentar. — Limpei a garganta e decidi chutar o balde. — Provavelmente usar em um ou dois anúncios. Levar para a linha de produção. Botar à venda em todos os shoppings do país. Na prática, explorar seus cadarços até não sobrar nada.

Percebi que as dúvidas passeavam pelo rosto de Jen. As mesmas de sempre: *Estão se aproveitando de mim? Isso é um elogio? Fiquei secretamente famosa? Quando receberei minha parte?*

E, é claro: *Esse cara é um babaca ou o quê?*

— Uau — disse ela, depois de um longo e constrangedor momento. — Sempre quis saber como isso acontecia.

— Como o que acontecia?

— Como as coisas deixavam de ser bacanas tão rápido. Por exemplo, o dia em que vi uns mexicanos usando avental na rua. Dez minutos depois, estavam à venda no Kmart. Acho que eu não havia percebido a extensão dessa indústria. Pensava que pelo menos parte disso acontecesse espontaneamente.

Dei um suspiro.

— Às vezes acontece. Mas geralmente a natureza recebe um empurrãozinho.

— Claro. Como um pôr-do-sol cheio de poluição.

— Ou bananas transgênicas.

Ela riu, voltando a olhar para seus cadarços.

— Tudo bem. Vou superar isso. Você sabe mesmo como elogiar uma garota.

Sorri satisfeito — com aquela repentina e completa falta de capacidade de perceber uma ironia que acontece quando a ironia mais precisa ser detectada — enquanto as perguntas corriam pela minha cabeça. Ela se sentia mesmo lisonjeada? Eu era uma fraude? Eu havia estragado tudo? O que era "tudo", afinal de contas?

Para esquecer minhas dúvidas, passei à foto seguinte.

O tênis.

Meu cérebro se acalmou, se concentrando na beleza. Nos aproximamos de novo para enxergar melhor a imagem na pequena tela. A foto estava minúscula, escura e dolorosamente fora de foco, mas as linhas elegantes e as texturas permaneciam ali, de alguma forma.

Ficamos parados por um minuto inteiro, absorvendo a beleza, enquanto ao nosso redor a música hipnotizante tocava, os *cappuccinos* nasciam com o barulho das máquinas e aspirantes a escritor criavam romances ambientados em cafés. Naquele êxtase, nossos ombros quase se fundiram, e me senti perdoado por ter roubado o estilo de amarrar os cadarços criado por Jen. Era o poder daquele tênis pirata-ou-talvez-não.

Finalmente nos afastamos, piscando os olhos e sem fôlego, como se tivéssemos acabado de nos beijar, e não de olhar uma foto no visor de um celular.

— Quando foi tirada? — perguntou Jen.

Chequei a informação do horário.

— Ontem. Algumas horas antes da degustação.

— Parecem estar sobre uma mesa.

— Acho que é o escritório dela.

O tênis estava sobre um móvel cheio de papéis parecido com a mesa de Mandy na torre do cliente em Midtown.

— O que significa que... o que isso significa?

— Não tenho idéia. Posso ir para a última?

Ela olhou para a tela, ansiosa por mais um instante de veneração, antes de sinalizar para que eu prosseguisse.

Cliquei. Era uma foto de nada. Ou de algo terrível.

Estava escura e desfocada, com uma faixa abstrata de luz passando por um dos cantos. Tons de cinza sobrepostos como uma estampa camuflada. Podia ser uma foto acidental tirada no bolso de Mandy — a versão visual das chamadas involuntárias que os celulares fazem quando estão entediados — ou um registro de Mandy sendo atacada, seqüestrada ou coisa pior. Talvez ela tivesse tentado gravar o que estava acontecendo para depois jogar o telefone fora na esperança de que alguém o encontrasse.

Mas era difícil chegar a uma conclusão.

— Espere. — Jen puxou minha mão para perto, quase encostando o celular em seu olho. — Há um rosto... — Ela se afastou, balançando a cabeça. — Talvez. Tente ver.

Dei uma olhada mais de perto. Num ponto do redemoinho de tons indistintos de cinza, havia algo reconhecível. Algo que meu cérebro, se eu permitisse, lentamente transformaria num rosto.

A perspectiva me assustou e me deixou com dor de cabeça. Dei uma olhada no horário.

— Foi tirada há cerca de uma hora.

— Um pouco antes das 11? Foi mais ou menos quando cheguei.

— E você não viu nada?

Jen fez um sinal negativo com a cabeça e depois olhou para o pequeno visor novamente.

— Você pode passar essas fotos para um computador, não pode? Talvez consigamos deixar a imagem mais nítida com algum programa.

Concordei com um movimento de cabeça.

— Tenho uma amiga que trabalha com efeitos especiais.

— E quanto à polícia, Hunter?

Respirei fundo. Lexa morava a apenas dois quarteirões dali. Não demoraria muito.

— Isso pode esperar.

CAPÍTULO OITO

— **VOCÊ TEM DE TIRAR OS SAPATOS — DISSE A JEN, DIANTE** da porta de Lexa.
— Tudo bem. — Ela se abaixou para desamarrar os tênis.
— É coisa de zen?
— Não, tem mais a ver com limpeza.

Lexa Legault limpava o apartamento todo dia com um pequeno aspirador superpossante, deixando-o como um laboratório de biotecnologia. Sempre achei que ela devia pedir às visitas que vestissem macacões brancos e máscaras, mas talvez ficasse meio exagerado. Lexa (forma reduzida de Alexandra) ainda não fabricava seus próprios microprocessadores.

Os computadores, porém, ela montava sozinha. As máquinas passavam a vida abertas, sujeitas permanentemente a pequenas modificações. No apartamento de Lexa, poeira era algo Altamente Indesejável.

Eu já havia ligado pelo interfone, mas a porta só foi aberta quando dei a batidinha especial que significava já-tiramos-nossos-tênis.

Lexa vestia uma calça bege limpíssima, uma camiseta rosa justa e tinha um palmtop preso ao cinto. Possuía todas as características da beleza *geek*: sorriso tímido, óculos grossos, cabelo curto emoldurando traços delicados e o senso de moda de uma adolescente japonesa. Sua aparência era espontânea e sóbria como uma daquelas mulheres que os estilistas desenham com poucas linhas.

Depois que conheci Lexa, passei vários meses cultivando uma paixão devastadora, até o momento terrível em que ela mencionou que uma das coisas de que gostava em mim era que eu a fazia lembrar de si mesma — de quando era jovem e não tão tediosamente certinha. Nunca disse nada, é claro, mas *caramba*.

— Oi, Hunter. — Ela me abraçou e depois se afastou, olhando por cima do meu ombro. — Ah, oi...

— Jen — informei.

— Isso. Gostei do que disse ontem. Muito legal.

O comentário provocou um sorriso contido, que me encantava cada vez mais.

— Obrigada — disse Jen.

Entramos no apartamento, e Lexa fechou a porta imediatamente para evitar que qualquer grão de poeira aproveitasse a oportunidade.

Entreguei-lhe a xícara de café que havíamos levado de presente. Ela sempre dizia que seu cérebro não passava de uma máquina que transformava café em efeitos especiais.

Jen admirava o esplendor *hi-tech* do lugar. Seus olhos se arregalavam para se ajustar à escuridão. Quase nenhuma luz entrava pelas pesadas cortinas (a exemplo da poeira, a luz do sol era Altamente Indesejável), mas o apartamento brilhava por toda parte. Toda a mobília de Lexa era feita do mesmo aço inoxidável usado em cozinhas de restaurantes. O metal refletia as luzes vermelhas e verdes dos eletrônicos recarregando: dois celulares, um MP3 player, três laptops e uma escova de dentes elétrica perto da pia da cozinha. (Apesar de todo o café, os dentes de Lexa eram tão límpidos quanto seu apartamento.) E, obviamente, havia diversos computadores exibindo protetores de tela: espirais de luz que refletiam por todo o ambiente. A pulseira Wi-Fi de Jen juntou-se ao espetáculo, agitado com o intenso tráfego sem fio. Lexa viu a pulseira e fez o Gesto. Senti-me estranhamente satisfeito com o sinal de aprovação.

Havia prateleiras de aço presas às paredes, tomadas por chips de memória, drives e cabos. Cada parte era identificada com um adesivo colorido. As prateleiras de cima hospedavam uma dezena daquelas lareiras elétricas, com falsas fagulhas, fazendo o teto pulsar num tom de rosa.

Por vezes, a linha que separa as coisas bacanas do exagero é muito tênue. Estar de um lado ou do outro depende do resultado final. O apartamento de Lexa sempre me passou uma sensação de tranqüilidade. Era como uma sala cheia de velas, porém sem o risco de incêndio. Era como estar dentro de uma imensa cabeça em meditação. Talvez, no fim das contas, fosse mesmo algo zen.

Ganhar muito dinheiro também ajuda a não perder a linha. Lexa era conhecida por seu trabalho com efeitos especiais para uma certa série de filmes já mencionada, aquela envolvendo *kung fu* e grande quantidade de munição. Com uma renda considerável, Lexa corria atrás de tendências como passatempo, ou até uma espécie de missão divina. Seu objetivo na vida era influenciar os fabricantes de MP3 player, celulares e palmtops a seguir os princípios do bom design — linhas sóbrias, teclas ergonômicas e luzes suaves.

— Você não passa aqui há algum tempo, Hunter.

Ela deu uma olhada em Jen, imaginando se eu estaria muito ocupado.

— Sabe como é. Verão.

— Recebeu meu e-mail sobre se juntar ao SHIFT?

— Ah, recebi.

Mais um comentário sobre excêntricos: um Inovador amigo de Lexa tinha uma teoria de que as letras em caixa alta estavam voltando à moda. Ele achava que todos os jovens conectados que nunca haviam usado a tecla *shift* em suas vidas (exceto para digitar o sinal @) começariam a pôr maiúsculas no início das frases e talvez até em seus nomes e outros nomes próprios. Lexa não acreditava de verdade que essa mudança radical fosse iminente, mas desejava isso ardorosamente. Segundo ela e seus amigos, a preguiça tipográfica destruía lentamente nossa cultura. A falta de exatidão era uma sentença de morte.

Eu não conhecia muitos detalhes da teoria. Porém, o conceito por trás do SHIFT era que, se um número considerável de Criadores de Moda começasse a usar as maiúsculas em seus e-mails e comentários, talvez o resto do rebanho os seguisse.

— Você não se associou, não é?

Tentei disfarçar.

— Sou meio agnóstico nessa questão do SHIFT.

— Agnóstico? Quer dizer que não tem certeza se as letras maiúsculas existem?

Lexa às vezes levava as coisas ao pé da letra.

— Não, acredito nelas. Até já vi algumas. Mas no que diz respeito à necessidade de um *movimento*...

— Do que vocês estão falando?

Lexa virou-se para Jen. Seus olhos brilhavam diante da possibilidade de uma conversão.

— Já percebeu que ninguém mais usa caixa-alta? As pessoas simplesmente escrevem em minúsculas, como se não soubessem onde fica o início de cada frase.

— É, odeio isso.

O sorriso perfeito de Lexa tornou-se ofuscante no ambiente meio rosado.

— Ah, então você tem de entrar para o SHIFT. Qual é seu e-mail?

— Ei, Lexa, posso interromper a conversa? — Ela parou logo depois de tirar o palmtop do cinto, pronta para anotar o endereço de Jen. — Viemos aqui para falar sobre um assunto importante.

— Claro, Hunter. — Relutante, prendeu seu minicomputador de volta ao cinto. — O que houve?

— Mandy desapareceu.

Lexa cruzou os braços.

— Desapareceu? Explique melhor.

— Ela devia nos encontrar em Chinatown hoje de manhã — disse. — E não apareceu.

— Tentaram ligar para ela?

— Tentamos. E foi assim que achamos isto.

Mostrei o celular de Mandy.

— É o celular dela — disse Jen. — Estava num prédio abandonado perto do lugar em que ela devia nos encontrar.

— Isso é meio preocupante — reconheceu Lexa.

— É mais do que meio — corrigiu Jen. — Há uma foto gravada no telefone. Está meio fora de foco, mas é assustadora. Pode ter acontecido algo a ela.

Lexa esticou o braço.

— Posso?

— Foi para isso que viemos.

Recorrer ao equipamento cinematográfico de Lexa para analisar uma foto digital do tamanho de um selo era como usar um ônibus espacial para chegar ao fim da rua. Mas os resultados eram igualmente incríveis.

Na gigantesca tela plana de Lexa, a última foto de Mandy pareceu cem vezes mais arrepiante. A faixa branca que atravessava um dos cantos começou a fazer sentido. Era a luz do sol que passava pelo vão entre as tábuas do tapume no prédio abandonado. Claramente, a foto tinha sido tirada de dentro, a poucos metros do local em que achamos o celular.

— Parece que estava aberta — disse Jen.

Seus dedos traçaram uma linha sobre a parte clara, mostrando uma corrente solta entre as duas tábuas e a silhueta meio borrada de um cadeado aberto, pendurado numa das pontas. O vão parecia largo o suficiente para permitir a passagem de uma pessoa.

— Então Mandy tinha uma chave — observei. — Disse que queria nos mostrar algo.

Jen apontou para a foto.

— Mas, quando abriu a porta, havia mais alguém lá dentro.

Observei o borrão no canto mais escuro da fotografia. Ampliado daquela forma, pouco parecia com um rosto. Os tons de cinza estavam misturados, como um informante da máfia com a identidade ocultada pelo computador.

— O que acha, Lexa? Isso é um rosto?

Ela piscava sem parar.

— É, talvez.

— Pode fazer algo para deixar a imagem mais nítida? — perguntou Jen.

Lexa cruzou os braços.

— Mais nítida? Explique melhor.

— Bem, deixar isso mais parecido com um rosto. Como nos seriados policiais em que o pessoal do FBI trata as imagens no computador.

Lexa suspirou.

— Deixe-me explicar uma coisa a vocês. Aquelas cenas são uma farsa. Não é possível deixar uma imagem borrada mais nítida. A informação necessária já sumiu. Além disso, quando se trata de rostos, o cérebro funciona melhor do que qualquer computador.

— Não temos como dar uma ajuda ao cérebro? — perguntei.

— Bem, já criei ondas no mar, carros acidentados, asteróides em rotação. Já apaguei furúnculos das mãos de estrelas de cinema, fiz nevar e chover, até acrescentei fumaça à respiração de uma atriz que se recusou a botar um cigarro na boca. Mas sabem qual é a coisa mais difícil de se animar?

Jen ousou dar um palpite.

— Um rosto humano?

— Exatamente.

— Por ser tão maleável?

Lexa fez que não.

— Os seres humanos não são particularmente expressivos. O rosto do macaco tem muito mais músculos; os olhos do cachorro são bem maiores; e o gato possui bigodes bastante emotivos. Nossas orelhas sequer se mexem. O que torna o ser humano um desafio maior é o espectador. *Nós somos* humanos e passamos a vida inteira aprendendo a interpretar os rostos dos outros. Somos capazes de detectar um sinal de raiva no rosto de outra pessoa a cem metros através da neblina. Nossos cérebros são máquinas que transformam café em análise facial. Beba um pouco e veja por conta própria.

Engoli os resíduos frios do copo de papel e olhei bem para a foto. *Era* um rosto, com certeza, e começava a parecer familiar.

— Tenho algo que pode ajudar.

Lexa levantou-se, mas não mexeu no mouse. Em vez disso, foi até uma gaveta na cozinha e pegou uma caixa comprida e fina. Pude ouvi-la desenrolando e rasgando algo. Era uma folha de papel usado para embrulhar sanduíches. Ela segurou o material transparente diante do monitor.

— Não conte a ninguém que eu disse isso, mas algumas vezes o borrado é melhor do que o nítido.

Jen e eu engolimos em seco. Atrás do papel embaçado havia surgido algo que podíamos reconhecer.

Era o rosto do homem que havia nos perseguido na escuridão. A cabeça careca estava bem nítida agora. As sobrancelhas grossas e os lábios infantis combinavam com a imagem borrada. E Lexa tinha razão: percebíamos a expressão perfeitamente, mesmo com o papel, a falta de definição e a escuridão. O cara estava disposto, determinado e completamente no controle.

Ele estava atrás de Mandy, assim como tinha ido atrás de nós.

Ficamos em silêncio por um instante, paralisados, como se tivéssemos atravessado o monitor e entrado naquele ambiente. De repente, uma agitada melodia sueca começou a tocar.

Take a chance on me...

O celular de Mandy tinha voltado à vida, piscando sem parar. Lexa chegou perto e o levantou para dar uma olhada no visor.

— Engraçado.

— Quem está ligando? — perguntei.

Lexa arqueou as sobrancelhas.

— É você, Hunter.

CAPÍTULO NOVE

LEXA ME PASSOU O CELULAR. A MELODIA SUECA CONTINUAVA tocando, insistente e diabólica.

A mensagem brilhava no escuro. *Ligação de Hunter.*

— Sou eu mesmo — disse a Jen. — É meu telefone ligando.

— Talvez você devesse atender.

— Claro. — Engoli em seco e levei o telefone à orelha. — Alô?

— Oi... é que... estou ligando porque achei este celular. E queria devolvê-lo ao dono.

— É mesmo?

Meu coração ingênuo sentiu um alívio.

— É. Esse número estava na lista das últimas ligações recebidas. Por isso achei que o telefone fosse de algum amigo seu. Talvez você pudesse me dizer o nome dele. Ou me dar o endereço.

— Bem, na verdade... — Minha voz foi sumindo à medida que eu me dava conta da situação: por que aquela pessoa presumiu que o dono era homem? — Ahn, na verdade... — Olhei para o rosto no monitor, mantendo distância. A voz no telefone era de um homem e parecia ser de um cara grande. Talvez *aquele* cara. Limpei a garganta. — Na verdade, não estou reconhecendo esse número.

— Tem certeza? Você ligou há uma hora. Quatro vezes seguidas.

— Ah, claro. Mas estava com um número errado — expliquei, tentando disfarçar o tremor da minha voz. — Não tenho idéia de quem seja o dono desse número.

— Certo. Bem, desculpe incomodar... Garota do Tênis.

A ligação caiu.

Ele disse Garota do Tênis. Era como eu identificava Mandy no meu telefone: *garotadotenis*, seu apelido no programa de mensagens instantâneas. Ele sabia que eu estava mentindo.

— Era ele, não era? — perguntou Jen.

Enquanto balançava a cabeça, confirmando, meus olhos continuavam fixos no rosto no monitor.

— Ele está ligando para os números na memória, dizendo que quer devolver um celular perdido. Está tentando achar alguém que lhe dê meu endereço.

— Que droga — disse Jen. — Mas ninguém faria isso. Ou faria?

— Tenho uns cem números gravados naquele telefone. Mais cedo ou mais tarde, alguém vai lhe dar a informação que ele quer. Provavelmente minha tia Macy, de Minnesota.

— Você pode ligar para sua tia e para todos seus amigos mais próximos. Pelo menos para aqueles que sabem seu endereço. Conte a eles o que está acontecendo.

— Isso poderia dar certo se eu *tivesse* como ligar para eles. Não sei o número de ninguém de cabeça. Sem aquele celular, não posso fazer nada.

— Você não tem um *back-up*? — perguntou Lexa, horrorizada.

— Claro que tenho. Em casa. — Tentei lembrar da última vez em que havia salvado uma cópia das informações em meu computador. Talvez num dia chato na época do Natal? — Mas até chegar lá e ligar para todo mundo...

— Certo, amigos. Só estava tentando ajudar, sem me intrometer muito. Mas isso está ficando esquisito demais. — Lexa apontou para a tela. — Como *esse* cara pegou seu telefone? E por que ele quer saber seu endereço?

— Bem, Mandy não apareceu, mas ele sim. Estávamos no prédio abandonado e havia alguns... tênis.

— Tênis — repetiu Lexa suspirando. — Por que vocês só pensam em tênis?

— Eram incríveis — disse Jen, baixinho.

— Incríveis? Explique melhor.

— Consegue guardar um segredo? — perguntei.

— Claro.

— Estou falando de guardar um segredo *para valer*.

— Hunter, recebi o roteiro do (ela citou o terceiro filme de uma série em que um certo governador fisiculturista interpreta um robô carrancudo que sai atirando em coisas) um ano antes de ele ser lançado. E não divulguei um único detalhe da trama.

— Isso porque não havia trama alguma — comentei. — Só não conte nada a ninguém, tudo bem? Volte uma foto.

Ela clicou, e a foto que Mandy tirou do tênis apareceu na tela. Lexa piscou, descruzou os braços e tomou um gole de café. Ativando a máquina.

Era uma imagem granulada, sem definição e com as cores se misturando. Mas ainda se tratava do tênis.

— Uau, foi o cliente que criou *isso*? Não sabia que eram capazes.

— Não temos certeza — respondeu Jen. — Pode ser um produto pirata ou um novo conceito radical de marketing. Não dá para perceber pela foto, mas a logomarca é atravessada por uma linha diagonal.

— É uma espécie de anticliente — comentei.

Lexa sorriu e mexeu a cabeça lentamente em aprovação. Fez o Gesto.

— Legal.

— Legal o suficiente para se seqüestrar uma pessoa? — perguntei.

— Claro, Hunter. — Lexa se afastou e apertou um pouco para desfocar a imagem. — Produtos legais significam dinheiro, e dinheiro pode valer qualquer coisa. Essa é a função dele.

Só especialistas em computador falavam daquele jeito, mas fazia sentido. Jen fez o Gesto para Lexa.

Tiramos as informações do celular de Mandy e fizemos algumas ligações.

Em seu escritório, a secretária eletrônica atendeu. Deixamos a mensagem mais óbvia: "Onde você está?" Aconteceu o mesmo ao tentarmos o celular de Cassandra. Expliquei que Mandy havia faltado a um encontro e pedi que ela ligasse para Lexa. Quando a secretária eletrônica da casa de Mandy atendeu, decidi desligar, para não deixar um monte de mensagens que denunciassem nosso temor. Até termos dados mais concretos, não via sentido em deixar Cassandra preocupada com sua colega de quarto/namorada desaparecida.

Em seguida, checamos as chamadas feitas do celular de Mandy. A ligação mais recente havia sido para um serviço de transporte, que cuidava de suas viagens desde que tinha começado a trabalhar em tempo integral. As outras chamadas levaram ao número central do cliente e a números aleatórios terminados em três zeros. Provavelmente uma conferência com os chefes a respeito de *Pare*. O último registro na memória era de uma ligação para sua própria casa na noite anterior. Não havia indícios de que fosse se encontrar com outras pessoas além de nós naquela manhã.

No entanto, *alguém* tinha contado a Mandy sobre o prédio e seu misterioso conteúdo. Pelo menos um dos inúmeros executivos do cliente sabia mais do que nós.

Olhei para o telefone. Tendo acabado de perder meu celular, sabia quanta informação podia estar contida naquele pequeno objeto de plástico cheio de circuitos, mas não existia uma maneira simples de arrancá-la dali. Máquinas não liberam seus segredos com facilidade.

Seres humanos, por outro lado, adoram contar o que sabem. Vasculhei os telefones do cliente que Mandy tinha registrados, um por um, passando direto pelos troncos telefônicos até chegar a recepcionistas humanas. Finalmente uma acabou transferindo minha ligação.

— Oi, estou ligando em nome de Mandy Wilkins.

— Sim, deseja falar com o Sr. Harper?

— É, isso mesmo. Por favor.

— Vou transferir.

Esperei um instante na linha, ouvindo o habitual rap exaltando o mais recente grande nome do esporte que havia assinado contrato com o cliente. Aquilo me hipnotizou o bastante para que meu cérebro sofresse um baque quando o executivo atendeu.

— Aqui é Greg Harper. Quem está falando?

— Meu nome é Hunter Braque. Trabalho com Mandy Wilkins. Tinha um encontro marcado com ela para hoje na esquina da Lispenard com a Church... sobre os tênis.

— Os tênis, claro. — Sua voz arrastada revelava cautela. — Acho que ela me falou sobre envolvê-lo nisso. Consultor externo, certo?

— Exatamente.

— Certo, já estou me lembrando, Hunter. — Sua voz mudou, tornando-se mais confiante, depois de me reconhecer. — Você participou do grupo do *Pare*, não foi? O que causou toda aquela confusão.

— Ahn, acho que fui eu mesmo. Mas, como ia dizendo, ela não apareceu...

— Talvez tenha desistido.

— Na verdade, estou um pouco preocupado. Ela não apareceu, mas encontramos o celular dela. Está desaparecida, ou algo assim, e estamos nos perguntando que relação uma coisa tem com a outra. Quero dizer, com os tênis.

— Não posso comentar a respeito dos tênis. Produzimos vários tipos deles. Esta é uma empresa do segmento de tênis. Não sei nem de que tênis você está falando.

— Ouça, Sr. Harper, eu os vi...

— Viu o quê? Peça para Mandy me ligar.

— Mas não sei onde ela...

— Peça para Mandy me ligar.

A ligação caiu. Sem música, nem nada. No meio da conversa, Jen e Lexa tinham parado de mexer na foto do tênis para prestar atenção.

Quando tirei o celular da orelha, Jen disse:

— O que aconteceu?

Eu já tinha ouvido muitas formas de desespero corporativo: os tons frenéticos da perda de mercado, da queda das ações, dos contratos multimilionários com jogadores universitários que não conseguiriam entrar nas ligas profissionais, a percepção aterrorizante de não saber mais o que os malditos garotos queriam. Mas nunca um pânico como o presente nas últimas palavras de Greg Harper.

— Acho que o cliente está em estado de negação — disse. — Mas uma coisa é certa: os tênis não foram feitos por eles.

— Então de onde vieram? — perguntou Lexa.

Olhei para Jen; ela olhou para mim.

Ninguém sabia o que dizer.

CAPÍTULO DEZ

QUANDO SE É UM CAÇADOR DE TENDÊNCIAS, VOCÊ DESCOBRE uma coisa bem simples: tudo tem um começo.

Nada existe desde sempre. Tudo tem um Inovador por trás.

Todos sabemos quem inventou o telefone e a lâmpada, mas inovações mais modestas são obras anônimas. Mesmo assim, houve um primeiro aviãozinho de papel, uma primeira calça jeans tranformada em short, um primeiro colar feito com clipes. E voltando no tempo: um primeiro coçador de costas, um primeiro presente de aniversário, um primeiro buraco designado como aquele em que se devia jogar o lixo.

Assim que uma boa idéia se espalha, porém, é difícil acreditar que ela não existiu desde sempre.

Vejam o exemplo das histórias de detetive. A primeira foi escrita por Edgar Allan Poe em 1841. (Comentário estraga-prazeres: foi o macaco.) Ao longo dos 163 anos seguintes, a inovação de Poe contaminou inúmeros livros, filmes, peças de teatro e seriados de TV. E, como os vírus mais agressivos, o personagem do detetive se transmutou em todas as formas imagináveis: velhinhas que solucionam crimes, monges medievais que solucionam crimes, gatos que solucionam crimes e até criminosos que solucionam crimes.

Meu pai costumava devorar romances de suspense (sobre epidemiologistas que solucionavam crimes, com certeza) até o dia em que leu uma entrevista com um verdadeiro detetive de homicídios de Los Angeles. O sujeito estava na corporação havia mais de quarenta anos, e em todo aquele tempo nunca um crime tinha sido solucionado por um detetive amador.

Nem unzinho.

Pensando nisso, levamos o celular de Mandy à polícia.

— Qual a sua relação com a pessoa desaparecida?
— Hum, colega de trabalho? Quero dizer, ela me arranja trabalho.
— E onde você trabalha, Hunter?
— Em nenhum lugar específico. Sou um... consultor. Consultor de calçados. Principalmente calçados.

O detetive Machal Johnson me olhou de cima a baixo.
— Consultor de calçados? Isso paga bem?
— Quase sempre recebo em calçados.

Sua sobrancelha começou a se arquear.
— Tudo bem. Consultor de calçados.

O detetive digitava exatamente como falava: completamente desanimado. Eu poderia teclar mais rápido no meu celular (se tivesse um). O computador pré-histórico de Johnson parecia igualmente lento. A tela limitava-se à cor verde; as cores brilhantes pareciam vaga-lumes presos em pasta de dente sabor menta. — Então essa Mandy Wilkins também é uma... consultora de calçados?

— É, acho que poderíamos chamá-la dessa forma.
— E quando acha que a viu pela última vez?
— Ontem, mais ou menos às cinco.
— Há menos de 24 horas?

Jen me cutucou, e o detetive Johnson pareceu prestes a tirar as mãos do teclado, mas não deixei. Tínhamos perdido uma hora para chegar àquele ponto, passando por subordinados, detectores de metal e uma grande quantidade de expressões de incredulidade.

— Ela devia ter nos encontrado hoje de manhã — expliquei. — Na esquina da Lispenard com a Church.

Ele suspirou e voltou a digitar, balbuciando os nomes das ruas.

— Alguma evidência de crime?
— Sim. Achamos o celular dela.

Coloquei o aparelho sobre a mesa do detetive. Ele o virou de um lado para outro na mão.

— Só isso? Nada de bolsa? Carteira?
— Só achamos isso.
— Onde?
— No lugar em que ela devia ter nos encontrado. Estava dentro de um prédio abandonado.

Ele pôs o celular na mesa.

— Vocês iam se encontrar com ela dentro de um prédio abandonado?
— Não, na esquina. Mas o telefone estava lá dentro, bem perto de nós. E há uma foto nele.
— Uma foto no prédio?
— Não, no celular. Ele também funciona como câmera. É a foto que está na tela.

Depois de botar uns óculos que pareceram deixá-lo mais velho, o detetive deu uma olhada no telefone.

— Hum. O que mais você sabe? — Ele aproximou as lentes da antena, piscou diante do visor e fez a versão da polícia de Nova York do Gesto. — E essa foto é exatamente do quê?

— Um rosto no escuro. Vimos esse cara.

— Que cara?

— O cara da foto.

— Há um cara na foto?

— É preciso usar papel de embrulho para ver.

— Ele nos perseguiu — disse Jen.

O detetive Johnson virou-se para ela, e em seguida seus olhos vagaram entre nós dois algumas vezes, como um alienígena assistindo a uma partida de tênis e tentando entender as regras.

— Você já tentou ligar para sua amiga?

— Não dá. Esse é o telefone dela.

— E no trabalho? Ou em casa?

— Claro. Ligamos para a colega de quarto também. Mas cai sempre na secretária eletrônica.

— Certo. — O detetive Johnson empurrou os óculos para cima e se ajeitou, trocando o esforço de digitar pelo conforto ruidoso de sua cadeira. — Sei que está preocupado com sua amiga, mas deixe-me dizer uma coisa a respeito de pessoas desaparecidas: 99 por cento não estão desaparecidas. Ou tiveram uma emergência pessoal, ou ficaram presas num trem, ou saíram da cidade e esqueceram de deixar aviso. No caso de adultos, nem começamos a procurar antes de 24 horas, a não ser que haja razão para se acreditar na possibilidade de um crime.

Percebi Jen se contorcendo perto de mim. Ela estava louca para sair da delegacia e voltar para seu novo trabalho de Inovadora que resolve crimes.

— É verdade que você encontrou o telefone, que você *tem certeza* que é dela... — Assenti como um cachorrinho. — Mas não chega a ser um indício de crime. Até que ela esteja sumida há 24 horas, é apenas um celular perdido. Se ela não aparecer nesse período, você deve pedir que a colega de quarto ou um parente ou algum adulto me ligue. Vou manter suas informações no arquivo.

Pude perceber pelo tom dele que não adiantaria argumentar.

— Tudo bem. Obrigado.

— Então, você quer entregar esse celular como objeto perdido, ou prefere ficar com ele e poupar sua amiga da burocracia quando ela reaparecer?

Ele estendeu a mão com o celular, deixando claro quem seria poupado da burocracia.

— Claro — disse Jen, agitada. — Podemos entregar a ela. Tudo bem.

O detetive Machal Johnson assentiu lentamente, cerimoniosamente, e me devolveu o celular.

— Seu espírito público é louvável. Posso garantir.

CAPÍTULO ONZE

SAÍMOS DA DELEGACIA.
— E agora?
— Só há uma coisa a fazer. Voltar lá.
— Merda.

Fomos para o prédio abandonado tomando o máximo de cuidado. Chegamos pela Lispenard, como guerrilheiros urbanos, protegendo-nos com o que aparecesse. Enfiávamo-nos atrás de sacos de lixo cheios de moscas, tentávamos nos esconder em cabines de telefone e nos agachávamos perto de portarias e escadarias.

Para dizer a verdade, foi divertido.

Até que os vimos.

As portas de madeira estavam escancaradas; o cadeado, pendurado na corrente. Um caminhão de transportadora bloqueava metade da rua, com seu elevador fazendo um chiado enquanto subia, carregado de caixas de tênis.

— Estão retirando os produtos — disse Jen.

Estávamos escondidos atrás de uma área de carga que ficava na calçada. Podíamos sentir o calor do sol do meio-dia no metal sob nossos dedos. Falávamos por frases curtas, como se usássemos rádios.

— Homem careca, perto da porta — avisei.
— Estou vendo mais dois.
— Entendido.
— Entendido o quê?
— O quê?

Os turistas que passavam olhavam para nós, intrigados. Será que nunca tinham visto alguém de tocaia?

Nosso amigo careca acompanhava o trabalho com o desinteresse preguiçoso de um supervisor, enquanto uma mulher empilhava caixas na plataforma. Estava vestida num estilo conhecido como Sarcástico Futuro: camiseta estampada com a figura de um alienígena de olhos grandes e calças largas com um monte de bolsos. Seu cabelo prateado brilhava ao sol. Só faltava a mochila a jato.

O cara negro que comandava o elevador do caminhão era magro, porém musculoso. Usava boné de motorista, botas de caubói, jeans e uma camisa de malha que ressaltava seu físico. Num cenário mais amigável, eu o teria identificado como um fisiculturista gay satirizando os fãs das corridas da Nascar. Contudo, ao lado dos outros dois, ele se parecia mais com um dos sujeitos esperançosos enviados pela agência de atores para tentar uma vaga como o bandido número três num novo filme de suspense.

E, nesse filme, éramos os improváveis heróis.

— O que fazemos agora? — perguntei, tentando não chamar a atenção de uma jovem mãe curiosa que empurrava um carrinho duplo de bebê ao nosso lado.

Jen pegou seu celular e começou a digitar.

— Bem, vou gravar a placa daquele caminhão.

— É alugado.

— As agências de locação têm registros.

— Ah, claro.

Talvez, se tivesse lido mais livros sobre consultores de calçados que solucionam crimes, poderia ter chegado àquela conclusão sozinho.

— E você devia estar tirando fotos.

— Boa idéia. Entendido.

Peguei o celular de Mandy e comecei a disparar a câmera. Com uma lente de cinco milímetros e sem zoom, tinha certeza de que seriam fotos praticamente inúteis. Mas era melhor do que ficar parado ali atraindo a atenção dos passantes.

— Com licença, o cruzamento da Broadway com a rua Noventa e Oito fica aqui perto?

Agachado, vi duas garotas com camisetas cheias de purpurina, sapatilhas e calças capri brancas amarradas na altura da panturrilha — a última moda do verão anterior. Fiquei com pena. E, além do mais, estavam revelando nossa posição.

— Fica a dois quarteirões para a direita — disse eu sem me virar, apontando a direção com o polegar. — E mais cento e dez quarteirões para o norte.

— Cento e dez quarteirões? É meio longe, né?

Expliquei-lhes como pegar o metrô.

— Seu espírito público é louvável. Posso garantir — disse Jen, depois que as duas foram embora repetindo minhas orientações uma para a outra sem muita convicção.

— Desde quando não se deve mais usar calças brancas? — perguntei.

— Acho que, pelo menos, desde 1979.

Apontei para o caminhão.

— Estão indo embora.

O caminhão estava carregado, e o homem careca acabava de fechar as portas do prédio. Os tênis iam embora. Pensei em me levantar e sair correndo atrás do caminhão, pulando no momento exato em que ele começasse a se afastar. Eu me esconderia atrás das caixas até chegar ao esconderijo secreto. Então sairia de fininho, roubaria a roupa de um dos bandidos e, depois de ser capturado e escapar algumas vezes, puxaria a alavanca que faria o lugar inteiro ir pelos ares. E, assim, entendi por que nenhum crime é resolvido por amadores.

— Não podemos fazer nada, não é?

— Nada — disse Jen, enquanto o caminhão se afastava.

O andar térreo do prédio estava vazio.

— Que droga! — exclamei.

Havíamos nos espremido por entre as portas de madeira, que o homem careca não tinha tomado o cuidado de acorrentar direito. Não era necessário. Todas as caixas haviam sumido.

Olhei a hora no celular de Mandy. Eram quase duas da tarde — apenas duas horas e meia depois da nossa primeira visita ao local.

Jen vasculhou o andar cavernoso, seus olhos percorrendo o espaço centímetro por centímetro, sem encontrar nada além de concreto.

— Devíamos ter voltado aqui antes — disse ela, em voz baixa. — Os tênis estavam bem *aqui*.

— Já se esqueceu do detalhe de salvarmos nossa pele?

— Não exagere — disse Jen com um suspiro. — Deve haver alguma coisa por aqui que não notamos antes.

Ela se afastou novamente, deixando-me no facho de luz das portas, onde relembrei em silêncio as razões pelas quais amadores não resolvem crimes na vida real. Detetives profissionais teriam isolado o prédio com fita amarela logo de cara. Depois, sairiam à procura de digitais e pesquisariam os registros de propriedade e de obras. A polícia de verdade teria detido o grandalhão de preto e o pressionado a falar. Policiais de verdade não correriam ao café mais próximo e à casa de uma amiga para recorrer a um uso desconhecido de papel de embrulho. (Certo, talvez houvesse uma ida ao café, mas certamente seria um novato buscando rosquinhas, enquanto um grupo considerável se encarregaria de esticar a fita amarela.) Não-amadores talvez tivessem idéia de como pegar a placa de um caminhão alugado e transformá-la num endereço. Eu, com certeza, não tinha.

Mais importante do que isso, um autêntico solucionador de crimes não ficaria apavorado por saber que os bandidos estavam com seu celular, tentando encontrá-lo. Os policiais verdadeiros eram máquinas que transformavam café em crimes resolvidos. Eu era uma máquina que transformava café em nervos à flor da pele.

— Hunter?

A voz de Jen saiu do meio da escuridão, me dando um susto.

— Que foi?

— Parece que alguém deixou uma mensagem para você.

Ela apareceu com os olhos piscando e segurando um envelope. Um pedaço de fita adesiva pendia do envelope, refletindo no escuro. Vi as letras *H-U-N-T-E-R* escritas em vermelho.

Os olhos verdes de Jen estavam arregalados; as pupilas enormes no ambiente mal-iluminado.

— Isso estava preso à parede lá de trás. Bem onde achamos as caixas de tênis.

Engoli em seco, enquanto esticava a mão. Já tinha visto Mandy rabiscando anotações durante discussões de grupo, com uma letra inclinada, um garrancho ilegível. Mas, naquele envelope, meu nome estava escrito em letras bem traçadas e implacáveis.

— Não vai abrir?

Respirei devagar e rasguei o envelope cuidadosamente. Não sabia por que estava nervoso. Seria uma carta-bomba? Papel envenenado? Uma ameaça de morte?

Eram dois convites.

Fiquei olhando com cara de bobo até que Jen tomou um dos papéis da minha mão e o leu em voz alta.

— "Você está convidado para a festa de lançamento da *Hoi Aristoi*, a revista para aqueles que têm rendas distintas." Hum, é hoje.

— Essa não é a letra da Mandy — disse eu.

— Não achei que fosse.

— Eles sabem meu nome.

— É claro que sabem. Ligaram para algum amigo seu, que, ao ver a identificação do número, atendeu dizendo "Oi, Hunter". Depois, ligaram para o número seguinte e disseram

"Oi, sou amigo do Hunter" e talvez tenham pedido o telefone da sua casa e assim por diante.

Concordei. Pedacinho por pedacinho, arrancariam minha identidade do celular. Os finlandeses tinham feito um trabalho incrível, transformando o aparelho no centro da minha vida, cheio de nomes e números de amigos, minhas músicas favoritas em MP3 e fotos da minha gaveta de meias.

Peguei os convites.

— O que será que isso significa?

— Não faço idéia. Você já ouviu falar dessa *Hoi Aristoi*?

Uma vaga lembrança de comentários sobre o lançamento passou pela minha cabeça.

— Acho que é a mais nova revista de tendências para pessoas com muito dinheiro. Desperdício de árvores. Se não me engano, Hillary Winston-hífen-Smith fez a divulgação para eles.

Jen pegou novamente um dos papéis da minha mão. Depois de conferi-lo dos dois lados, disse:

— Acho que isso é exatamente o que diz ser.

— E o que seria?

— Um convite. E acho que devemos aparecer.

CAPÍTULO DOZE

— **APARECER?**

— Precisamos fazer isso, Hunter. — Fiquei olhando para Jen, desnorteado. — Veja bem. Eles já sabem seu nome. Podem descobrir muito mais se quiserem.

— Ah, assim me sinto muito melhor.

— Acontece que os convites mostram que ainda não descobriram. O que eles querem mesmo é saber até onde você está *disposto* a ir para *encontrá-los*.

— Do que você está falando?

Jen me puxou para um lugar mais escuro do prédio vazio, apontando para um ponto que meus olhos, desacostumados à falta de luz, não conseguiam enxergar.

— Deixaram o envelope ali, bem onde estavam as caixas. Sabiam que, se você estivesse realmente preocupado com tudo isso, voltaria aqui em busca de Mandy e dos tênis. Então deixaram uma mensagem: "Quer saber mais? Apareça hoje à noite."

— E, assim, não precisam ter o trabalho de me encontrar.

Ela concordou.

— É uma jogada muito inteligente. Afinal, esse também é o melhor jeito de descobrir quem são eles.

— É o melhor jeito de desaparecermos como Mandy.

Jen cruzou os braços e ficou observando a vasta parede.

— É verdade. E não seria nada bom. Então temos de pensar como fazer isso de uma forma que eles não estejam esperando.

— Que tal se não fizermos nada? Aposto que eles não estarão esperando isso.

— Ou talvez... — Jen se virou e tocou no meu cabelo, puxando uma mecha de fios mais longos que caíam pelo lado direito. Depois, tocou na minha bochecha, e senti as batidas do meu coração sob a ponta de seus dedos. — Aquele cara só o viu por alguns segundos. Acha que ele seria capaz de reconhecê-lo se o encontrasse de novo?

Tentei ignorar a reação que o toque de Jen causava em mim.

— Acho. Não acabamos de aprender que os seres humanos são máquinas que transformam café em reconhecimento facial?

— Eu sei, mas estava bem escuro aqui dentro.

— Ele também nos viu lá em cima, à luz do sol.

— Mas a luz era muito intensa. E você ainda não estava com seu novo penteado.

— Meu novo *o quê*?

— Além disso, o convite para a festa diz: "Traje formal; sugerimos smoking." Aposto que você fica completamente diferente num traje a rigor.

— Aposto que fico totalmente diferente com a cara arrebentada.

— Pare com isso, Hunter. Você não quer passar por uma transformação?

Os dedos de Jen tocaram meu queixo, virando suavemente minha cabeça para me ver de perfil. Seu olhar se prolongava, tão concentrado que eu quase conseguia senti-lo. Virei-me e olhei bem em seus olhos. Algo aconteceu entre nós ali na escuridão.

— Acho que mais curto e louro — disse ela, retribuindo meu olhar. — Sou muito boa em tingir cabelos, sabia?

Assenti devagar, o que fez seus dedos passearem pela minha bochecha. Ela afastou as mãos e voltou a avaliar as mechas de cabelo. Como qualquer Exilado Sem Marca que se preza, ela devia cortar e tingir o cabelo sozinha. Imaginei seus dedos massageando meu couro cabeludo molhado e percebi que a discussão tinha acabado.

— Bem, se quiserem mesmo me encontrar, vão acabar conseguindo, cedo ou tarde, de qualquer maneira.

Jen sorriu.

— Não custa nada estarmos alertas quando acontecer.

— O que você usaria numa festa formal?

— Formal? Qualquer coisa sem gravata. Tenho uma camisa social bem razoável. Acho que a usaria com um paletó preto.

— Isso soa bem ao seu estilo. Mas para sua nova personalidade vamos ficar com uma gravata-borboleta.

— Uma o quê?

— Se não me engano, estão por aqui.

Estávamos numa certa loja muito famosa associada a desfiles de Ação de Graças e a filmes de Natal. Não era um lugar em que eu ou Jen costumássemos fazer compras. Mas comecei a entender que aquele era justamente o objetivo. As compras eram para o não-Hunter.

O não-Hunter usava gravata-borboleta. Preferia camisas brancas muito bem lavadas e coletes de seda de bom gosto. O não-Hunter parecia ignorar que estávamos no verão; acho que ia de um ambiente com ar-condicionado a outro a bordo de uma limusine também com ar-condicionado. Ele se misturaria sem problemas numa festa para a *Hoi Aristoi*.

E eu torcia para que o não-Hunter fizesse tudo de modo diferente das informações que conseguissem arrancar do celular do verdadeiro Hunter. Para ir atrás do anticliente, teria de me transformar no anti-eu.

O verdadeiro eu deu uma olhada no preço de uma peça qualquer.

— Estes paletós custam mil dólares!

— Eu sei, mas podemos devolver tudo na segunda e pegar o dinheiro de volta. É assim que se faz para os editoriais de moda. Você tem cartão de crédito, não tem?

— Ah, claro.

O plano de devolução me parecia uma idéia arriscada. Mas os Inovadores geralmente não tinham o gene responsável pela percepção de risco. Jen percorria os corredores numa espécie de transe, seus dedos sentindo a textura de tecidos caros demais e experimentando o ambiente criado por aquele conjunto totalmente diferente de trajes tribais de Nova York.

Parou para avaliar um cabide cheio de gravatas-borboleta assustadoramente caras. Meu nervosismo foi detectado por seu radar.

— Relaxe, Hunter. Temos quatro horas até o horário oficial da festa. Isso significa pelo menos cinco horas até que alguém apareça. Um dia inteiro para escolher suas roupas.

— E quanto a escolher as *suas* roupas, Jen?

Ela suspirou, admitindo que aquilo também era necessário.

— Estive pensando nisso. Será muito fácil nos reconhecer se estivermos juntos. Portanto, acho que vou procurar uma opção alternativa de disfarce.

— Calma aí. Não vamos juntos?

— Ei, este aqui não é nada mau.

Ela pegou um paletó, de um preto sintético que parecia sugar a luz do ambiente, com duas fileiras de botões e feito de um tecido resistente e maleável.

— Hum, esse é bem bacana.

— É, você tem razão. É muito seu estilo. — Ela o pôs de volta. — Precisamos de algo que não marque presença. Algo que não chame atenção.

— O quê? Você acha que tento chamar atenção?

Jen deu uma risada, virando-se para ver minha expressão.

— Você tenta na medida certa.

Ela seguiu na direção de outros paletós, deixando-me sozinho com suas palavras. Acabei na frente de um espelho triplo, sofrendo com o incômodo de observar minha aparência por ângulos incomuns. Minhas orelhas eram mesmo tão protuberantes? Com certeza, aquele não era meu perfil. E desde quando minha camisa estava meio enfiada na calça?

Foi então que percebi o que vestia. Ao sair para procurar tendências, costumo sumir em calças de veludo, roupas esportivas e outras peças que só uso quando não há opção. Torno-me invisível. Naquela manhã, entretanto, havia escolhido inconscientemente minhas roupas de verdade. As calças genéricas tinham se transformado num modelo *baggy* preto, e a costumeira camiseta cor-de-chiclete, virado uma regata cinza sob uma camisa preta de botão. Estava explicado por que meus pais haviam reparado, lendo os sinais, que resultaram na pergunta da minha mãe sobre meus sentimentos em relação a Jen.

Talvez fosse óbvio para todo mundo. Talvez eu estivesse mesmo tentando chamar atenção.

— Acho que estamos prontos.

Jen apareceu atrás de mim, dividida em várias pelos espelhos. Ela carregava roupas em cabides numa das mãos. Peguei as peças, voltando à época em que minha mãe me levava para fazer compras, igualmente desconfiado quanto ao resultado.

— Tem certeza de que não podemos simplesmente nos disfarçar de garçons ou coisa parecida?

— Ah, claro. Isso é bem *Missão impossível*. (Supus que ela estivesse falando do seriado de TV original e não da série de filmes.)

Jen esticou o braço para bagunçar meu cabelo e, enquanto fazia aquilo, conferia os ângulos no espelho. Depois sorriu.

— Dê uma última olhada, Hunter. Hoje à noite você não vai conseguir se reconhecer.

CAPÍTULO TREZE

— VAI ARDER UM POUCO — AVISOU JEN.
E ardeu. Claro que ardeu.

O descolorante é um ácido, um elemento destruidor. Cada fio de cabelo é protegido por uma camada externa chamada cutícula, que contém o pigmento que define sua cor. O papel do descolorante é destruir essas cutículas, de forma que todos os pigmentos desapareçam. É rápido e sujo. Equivale a arrebentar um aquário para libertar os peixes: o resultado é uma bagunça. É por isso que, se você aplicar uma tintura depois, sempre escorrerão resíduos pelo ralo durante o banho. O aquário estará quebrado.

Eu sabia de tudo isso, mas só na teoria, porque sempre tingi meu cabelo de tons mais escuros, e não mais claros. (Gostava de acrescentar peixes em vez de me livrar dos antigos.) Por isso, quando Jen começou a espalhar uma substância ácida com consistência de pasta de dente no meu cabelo, eu não estava preparado.

— Isso arde!
— Foi o que eu disse.

— Eu sei, mas... *ai!*

Parecia que milhares de mosquitos exploravam meu couro cabeludo. Como um careca que pega no sono na praia. Como se meu cabelo estivesse em chamas.

— Como se sente?

— É bem parecido com... ter ácido na cabeça.

— Desculpe. Aumentei a intensidade da solução. Estamos querendo uma transformação radical. Não vai doer tanto da próxima vez, pode ficar tranqüilo.

— *Próxima* vez?

— Isso. O couro cabeludo perde muita sensibilidade depois da primeira sessão de clareamento.

— Ótimo — comentei. — Estava mesmo pensando em me livrar de alguns dos meus nervos do couro cabeludo.

— É preciso fazer sacrifícios.

— Estou entendendo isso na pele.

Ela cobriu minha cabeça com um pedaço de papel alumínio e explicou:

— Isto aumenta o calor. Para intensificar a reação química.

Em seguida, puxou outra cadeira e se sentou de frente para mim.

Estávamos na cozinha da casa dela. Era pequena, mas claramente servia de ambiente de trabalho para um cozinheiro aplicado. Panelas e formas ficavam penduradas, batendo levemente em meio à brisa provocada pelo exaustor, ligado para tirar o cheiro de produto de cabelo. Dois mil dólares em trajes de gala recém-comprados para o não-Hunter faziam companhia às frigideiras. As roupas permaneciam cobertas pelo plástico para garantir que minha fatura seguinte do cartão de crédito não me matasse de susto.

Jen morava naquele lugar com a irmã mais velha, que tentava se estabelecer como cozinheira especializada em sobremesas. Algumas das assadeiras pretas tinham formatos incomuns para biscoitos. Também havia uma variedade de peneiras capazes de refinar a farinha até esta se transformar numa poeira invisível.

A cozinha tinha um ar retrô — talvez fosse apenas antiga. Minha cadeira de tortura era um modelo clássico cromado, com acabamento em vinil, e combinava com a mesa de fórmica em verde e dourado. A geladeira, também dos anos 1960, tinha um puxador de aço inoxidável que lembrava um gatilho gigante.

À medida que o ácido esfolava meu couro cabeludo, minha ânsia por alguma distração aumentava.

— Sua irmã mora aqui há muito tempo?

— Meus pais vieram para cá quando se juntaram. Moramos aqui até eu fazer 12 anos, mas eles mantiveram o lugar mesmo depois do Dia das Trevas.

— Dia das Trevas?

— É, quando a gente se mudou para Nova Jersey.

Tentei imaginar uma família inteira morando ali, e meu incômodo com a ardência no couro cabeludo ganhou tons de claustrofobia. Saindo da cozinha, havia dois pequenos quartos com janelas venezianas, e nada mais.

— Quatro pessoas morando aqui? Nova Jersey deve ter parecido bem legal.

Jen fez uma cara de enjôo.

— Ah, claro. Legal para meus pais. Todo mundo por lá achava que eu era uma *anormal*, com minhas mechas roxas no cabelo e roupas feitas em casa.

Pensei em minha própria mudança.

— Bem, pelo menos você não ficou tão longe de sua antiga casa.

Ela suspirou.

— Não fez diferença. Aos 14 anos, todos os meus amigos de Manhattan tinham me abandonado. Como se eu tivesse me tornado uma garota de Jersey ou coisa parecida.

— Caramba.

Lembrei da espiada que tinha dado no quarto de Jen assim que chegamos. Era um exemplo clássico do estilo Inovador: móveis recolhidos das ruas, uma prateleira lotada de cadernos, uma dezena de idéias pela metade realizadas em papel e pano. Três paredes estavam cobertas. Uma por recortes de revistas, uma por uma colagem de fotografias que ela havia achado na rua e a última por um quadro de avisos pintado de quadra de basquete, completado por pequenos ímãs com rostos de jogadores e jogadoras. Embaixo da cama suspensa, havia uma pequena mesa, onde um laptop piscava em comunicação invisível com um roteador sem fio pendurado na parede. Era a bagunça típica de uma garota bacana tentando recuperar os Anos Perdidos.

— Quando você voltou para cá?

— Ano passado. Assim que eles deixaram. Mas é difícil recuperar o estilo depois de tanto tempo, sabia? É como quando você está andando na rua, impecável, pensando numa música muito maneira, e tropeça numa falha da calçada. Um segundo antes, você estava arrasando, e de repente... todo mundo está olhando para você. Você se vê de volta em Jersey. — Ela balançou a cabeça. — Está doendo?

— Deu para perceber?

— Acho que foram suas caretas.
— Falta muito?
Ela avaliou o peso de objetos invisíveis em suas mãos.
— Depende. Podemos parar quando quisermos. Porém, para cada segundo adicional de dor, você ficará mais louro e menos parecido com Hunter quando tiver de encarar os homens maus hoje à noite.
— Então é enfrentar a dor agora ou mais tarde.
— É por aí. — Ela abriu a porta da geladeira e procurou uma caixa de leite. Depois derramou o conteúdo numa tigela retirada de um armário barulhento. — Vou preparar isto para quando você não estiver mais agüentando.
— Leite?
— O leite neutraliza o descolorante. É como se sua cabeça estivesse com úlcera.
— É uma comparação bem precisa. — Fiquei imóvel, concentrando os olhos nas ondas do leite que ela derramava na tigela. Quanto mais louro, melhor. E mais seguro. Mas o caminho era longo e ardente. — Continue me distraindo — pedi.
— Você cresceu na cidade?
— Não. Viemos de Minnesota quando eu tinha 13 anos.
— Hum, o oposto do meu caso. Como foi?
Mordi os lábios. Não gostava muito de falar da experiência. Mas precisava falar de algo.
— Revelador.
— O que quer dizer com isso? — perguntou ela. Um fiozinho de ácido descia pela minha nuca. Passei o dedo para limpar. — Vamos lá, Hunter, você consegue. Você e o descolorante devem se tornar um só.

— Já *estamos* nos tornando um só!
Ela riu.
— Então me conte.
— Certo. A história é a seguinte. Eu era bastante popular em Fort Snelling. Era bom nos esportes, tinha muitos amigos, e os professores gostavam de mim. Eu me achava maneiro. Aí, no meu primeiro dia em Nova York, descobri que era o cara menos maneiro da escola. Comprava roupas no shopping, ouvia músicas enlatadas e não imaginava que pessoas de outros lugares faziam coisas diferentes.
— Nossa.
— Era como... ser apagado do dia para a noite.
— Não parece ter sido muito divertido.
— Não mesmo. — Minha voz saiu meio esganiçada por causa do ácido que queimava meu couro cabeludo. — Mas, depois que percebi que não teria amigos, a pressão acabou. Dá para entender?
Ela suspirou.
— Dá, sim.
— Então as coisas ficaram interessantes. Em Minnesota, tínhamos uns quatro grupinhos básicos: caipiras, atletas, anormais e sociais. De repente, me vi numa escola com 87 tribos diferentes. Notei que havia um gigantesco sistema de comunicação ao meu redor. Um bilhão de mensagens codificadas circulando todo dia em forma de roupas, penteados, músicas, gírias. Comecei a reparar, tentando decifrar o código.
Pisquei e parei um pouco para tomar fôlego. Minha cabeça estava derretendo.
— Continue — disse Jen.

Tentei relaxar, o que acabou reorganizando a dor de uma forma diferente e interessante.

— Depois de um ano de observação, fui para o Ensino Médio, época em que tive de me reinventar.

Ela não disse nada. Eu não pretendia entrar em tantos detalhes. Imaginei se o ácido não teria penetrado em meu cérebro e o deixado poroso.

— Uau. — Ela pegou minha mão. — Parece horrível.

— É, foi péssimo.

— Mas foi assim que acabou virando um Caçador de Tendências, não foi?

Confirmei com um movimento de cabeça, o que fez outro fio de ácido escorrer pelas minhas costas. Agora meu couro cabeludo estava suando. As gotas desciam lentamente, queimando tudo como um rio de lava, como se costuma ver num certo canal a cabo especializado em vida selvagem, aviões experimentais e vulcões. Fiz um esforço para eliminar aquela imagem da cabeça.

— Comecei a tirar fotos na rua, tentando entender o que era legal e o que não era. E por quê. Fiquei meio obcecado, algo que acontece às vezes, e decidi escrever comentários. Isso virou um blog. Uns três anos atrás, Mandy conheceu minha página e me mandou um e-mail: "O cliente precisa de você."

— Ah, um final feliz.

Tentei concordar, mas naquele momento o único final feliz seria minha cabeça dentro de um balde cheio de leite. Uma banheira cheia de leite. Uma piscina cheia de sorvete.

— Acho que é por isso que sua franja é tão comprida.

— Como?

— Estive pensando sobre seu cabelo. Achava meio estranho você ser Caçador de Tendências e ter essa franja escondendo o rosto. — Ela esticou o braço e passou o dedo numa gota de lava um segundo antes do contato com meu olho esquerdo. — Mas agora entendo. Quando se mudou para cá, vindo de Minnesota, você perdeu toda a confiança. Precisava se esconder um pouco. Então faz sentido: ainda está escondendo uma parte de você.

— Acha que minha franja demonstra falta de confiança?

— Acho que talvez você ainda tenha medo de deixar de ser considerado legal.

Meu rosto ficou vermelho. Senti a cozinha ficando quente, apertada e sem espaço. Não sabia dizer o quanto era incômodo, o quanto era vergonha e o quanto era o ácido na minha cabeça. Tinha vontade de arrancar o couro cabeludo e coçar a gigantesca picada de mosquito em que meu cérebro havia se transformado. Com certeza o descolorante estava entrando na minha cabeça.

Jen sorriu e se aproximou até que seu rosto estava a poucos centímetros do meu. Ela fez um beicinho. Por um louco instante, achei que fosse me beijar. Minha raiva diluiu-se em surpresa.

Em vez de me beijar, porém, ela deu um leve sopro, lançando um ventinho que esfriou meu rosto úmido e me deu um arrepio.

— Não se preocupe — disse ela, baixinho. — Vou consertar tudo isso. Essa franja já era. — Eu não podia permanecer tão perto dela. Decidi rir e me virar. Ela esperou até eu virar de volta. — Sei como se sente, Hunter. Também perdi meu estilo.

— Nem tanto. Eles que não a entenderam.

— Não, é sério. Não importava o que eu fizesse, não consegui decifrar o código. Todas aquelas garotas da oitava série provavelmente ainda pensam que sou uma idiota que escreve poesia.

— Ei, golpe baixo — comentei, tentando sorrir.

No entanto, as lembranças do meu primeiro ano na cidade continuavam a me atormentar. Sempre houve algo me incomodando. Lembrei do incômodo crescendo quanto mais perto eu chegava da escola. E recordar aquela solidão terrível tinha avivado as sensações novamente, como se nunca tivessem saído de dentro de mim.

Respirei fundo e me obriguei a me concentrar no presente, época em que eu era legal. Pegando fogo, caçado por inimigos implacáveis e sem meu celular, mas ainda assim *legal*.

— Sempre achei que botar papel alumínio na cabeça servia para evitar que lessem sua mente — comentei.

Jen sorriu por um breve instante.

— Não é leitura de mente. Como você disse, o segredo é ler os códigos. A diferença entre nós é apenas que leio códigos diferentes.

— Está querendo dizer que usa seus poderes para o bem?

— Em vez de ajudar megacorporações que vendem tênis? Talvez. — Ela se levantou e mergulhou uma toalha na tigela com leite, retirando-a em seguida, encharcada, bem diante dos meus olhos arregalados. Depois, foi para trás de mim. — Quero ver o que você vai achar dos meus poderes depois *disto*.

Senti o papel alumínio sendo retirado e, logo após, uma massa gelada e maravilhosa entrando em contato com minha cabeça, transformando o ácido ardente em algo agradável. A agonia finalmente terminou.

— Ah... — murmurei.

Eu ainda sentia algumas gotas de ácido escorrendo pelo pescoço e pontadas de incômodo por ser lido como um livro. Era muito melhor quando era eu que decifrava os códigos. Ninguém gosta de fotos antigas de si mesmo.

Porém, ao me ver no espelho do banheiro, gostei do resultado.

É preciso fazer sacrifícios.

CAPÍTULO QUATORZE

EU PODIA SENTIR O NERVOSISMO AO ABRIR A PORTA DO apartamento dos meus pais.

Por que estava nervoso? Posso fazer uma lista. Havia os dois mil dólares em roupas penduradas nos cabides que eu carregava — qualquer erro e não receberia o dinheiro de volta. Havia o misterioso anticliente me perseguindo, e talvez ele já tivesse o endereço de lá. E havia minha cabeça, que tinha ganhado uma cor totalmente diferente. Todas as superfícies espelhadas desde o apartamento de Jen chamaram minha atenção. O estranho de cabelo oxigenado ficou me olhando durante todo o caminho, tão perplexo quanto eu com a situação.

— Oi, alguém em casa? — perguntei.

Claro, também havia meus pais, que teriam um ataque quando vissem meu cabelo cortado e pintado. Não que se incomodassem — talvez até gostassem —, mas com certeza iam fazer muitas perguntas. E, quando descobrissem que Jen, minha nova amiga, era a responsável...

Senti um arrepio.

— Oi?

Nenhuma resposta. Nenhum barulho, a não ser as sirenes passando, a água correndo pelos canos e o zumbido dos aparelhos de ar-condicionado dos vizinhos. Concluí que provavelmente estava seguro e fechei a porta. O apartamento dos meus pais tem mais de cem anos. Construído em pedra, é fresquinho até no verão. E transmite uma sensação de segurança.

Além disso, há uma razão para os filmes de maníacos serem sempre ambientados em subúrbios ou no interior. As residências de Nova York têm portas de madeira reforçadas com metal, trancas pesadas e grades na janela. É difícil não notar que alguém entrou na sua casa. Não é preciso olhar debaixo da cama.

Cheguei o horário. Faltavam duas horas para eu chegar à festa. Jen apareceria antes, sozinha, para manter nosso anonimato. Nem me contou que disfarce usaria. Tive a impressão de que ela ainda não sabia.

Pendurei as roupas no meu quarto e depois fui até o banheiro. Dei mais uma olhada no meu visual, impressionado com o estranho de cabelo oxigenado, que reproduzia cada um dos meus movimentos.

Como já disse, os Exilados Sem Marca cortam seus cabelos sozinhos. Mas esse talento necessariamente não se estende a cortar os cabelos dos outros. No meu caso, entretanto, Jen tinha feito um bom trabalho. O corte era bem rente, e o ácido havia deixado os fios quase brancos. Minhas sobrancelhas, ainda pretas, destacavam-se em contraste com a pele, ressaltando todas as minhas expressões. Eu parecia um gângster num filme francês moderninho. Mas um gângster bem seguro de si. Talvez Jen estivesse certa. Talvez eu tivesse passado aquele tempo me escondendo atrás dos meus cabelos.

Estranho. Com o rosto todo aparecendo, eu estava disfarçado, admirado com a sensação de desencontro enquanto brincava de mímica no espelho, diante do estranho de cabelo oxigenado. Se *eu* não me reconhecia, como outra pessoa seria capaz?

Depois de uma ducha, fui me vestir.

Preocupado com a devolução dos meus dois mil dólares, decidi deixar as etiquetas nas roupas. Aquilo se revelaria um erro doloroso, mas inicialmente nem percebi as pequenas presilhas de plástico. Tudo caiu perfeitamente com o luxo típico da fabricação impecável das roupas caras. As calças pretas tinham detalhes clássicos, e na ponta da camisa brilhante do smoking havia abotoaduras de ônix. Suspensórios cor de argila definiam meus ombros. Tudo estava magnífico. Cada peça me aproximava mais do não-Hunter e aumentava minha confiança de que estaria irreconhecível naquela noite. Para não falar da sensação de que minha aparência era incrível.

Até chegar à gravata-borboleta. Para começar, obviamente, não tinha a mínima idéia de como dar o nó.

A pequena ponta bulbosa de tecido preto brilhante pendia sem vida do meu pescoço, sem dar pista de como devia ser manipulada. Eu tinha muito conhecimento histórico sobre aquele tipo de acessório, mas quase nenhum no aspecto prático. As gravatas-borboleta simplesmente não eram parte do meu mundo de calças *baggy* e camisetas, roupas de skatista e tênis recém-lançados. Naquele assunto, eu continuava sendo um cara de Minnesota.

Olhando o relógio, descobri que só tinha meia hora para desvendar quinhentos anos de tecnologia de gravatas.

Não foi a primeira vez que amaldiçoei a Pequena Era do Gelo...

Da próxima vez que tiverem de botar uma gravata no pescoço, joguem a culpa no sol. Como qualquer escravo corporativo ou garoto de escola tradicional sabe, as gravatas são essencialmente um uniforme; a maioria das pessoas as usa por obrigação, não por vontade própria. Nada surpreendentemente, a primeira gravata conhecida foi encontrada em homens que não tinham escolha: soldados chineses por volta de 250 a.C. Soldados romanos começaram a usar gravatas cerca de quatro séculos mais tarde. (Parece que não foi só o macarrão que os italianos copiaram dos chineses.) A história ensina que as pessoas que vestiam gravatas eram quase todas forçadas a fazê-lo — até uns quinhentos anos atrás.

Foi quando ficou frio no mundo todo.

O sol começou a crepitar e, por isso, a emitir menos calor. Gradualmente, teve início a Pequena Era do Gelo, que trouxe sérias conseqüências. Geleiras engoliram cidades na França, o esqui no gelo tomou conta da Holanda e todos os *vikings* da Groenlândia morreram. É isso mesmo: os *vikings* não suportaram o inverno. Isso quer dizer que ficou bem gelado.

E todo mundo passou a usar lenços no pescoço, dentro e fora de casa.

Naturalmente, em algum momento, um Inovador enjoou desse código de vestuário da Era do Gelo e começou a explorar as possibilidades de seu lenço, deixando-o mais estreito e fácil de usar. O resultado foram novas maneiras de prendê-lo ao pescoço. A moda pegou — acho que por ser algo para as pessoas fazerem durante os longos invernos. As peças para o pescoço viraram mania. Diversos tipos de gravata e nós complicados, chamados "filosóficos", foram inventados. Uma publicação do século XIX chamada *Neckclothitania* lista 72 maneiras de dar o nó na gravata. É quase um feito matemático.

Para sorte minha e de vocês, o sol voltou, e as coisas se tornaram mais quentes e simples.

Hoje em dia, um homem mais sortudo consegue usar gravata apenas em casamentos, enterros e entrevistas de emprego. Os únicos nós que sobraram foram o Windsor, o meio-Windsor e o americano. E as variedades de gravata limitam-se a três: a borboleta, a fina usada por caubóis e a tradicional. E, com o aquecimento global elevando a temperatura, pode ser uma questão de tempo nos livrarmos delas.

Até esse esperado dia, no entanto, sempre se pode recorrer ao setor de informações da biblioteca pública de Nova York.

— Alô? Preciso saber como se dá nó numa gravata-borboleta.

— Claro. Temos livros sobre etiqueta e vestuário.

— Na verdade, não tenho tempo para consultar um livro. Preciso saber agora. — Dei uma olhada no relógio da cozinha. — Tenho de estar pronto em 26 minutos.

— Ahn... aguarde um momento, por favor.

Enquanto ela ia buscar um exemplar do *Neckclothitania* ou, melhor ainda, de *Gravatas-borboleta para leigos*, puxei o fio do telefone até o espelho do banheiro. Seria mais simples usar o celular de Mandy, mas não achei correto gastar seus minutos. O fio enrolado aceitou ser esticado com relutância, agitando-se diante da fúria silenciosa da grande energia potencial. Se escapasse da minha mão, voltaria como um raio até a cozinha, numa velocidade capaz de despedaçar o que houvesse pelo caminho.

Segurei a gravata com cuidado, entre o pescoço e o ombro, preparando-me para a batalha.

Não tentem fazer isso em casa.

— Muito bem, senhor. Post ou Vanderbilt?

— Como?

— Prefere o livro de etiqueta da Emily Post ou da Amy Vanderbilt?

— Acho que da Emily Post.

— Muito bem. Para começar, é preciso lembrar que isso é exatamente como amarrar os sapatos.

— Mas no pescoço.

— Certo. Primeiro, a gravata deve estar solta, com uma ponta mais comprida do que a outra. A partir deste momento, vou me referir a ela como "a ponta comprida".

— Tudo bem.

Não era tão difícil.

— Agora passe a ponta comprida por cima da curta. Depois passe-a de volta e enfie-a pelo laço. Aperte levemente o nó sobre o pescoço. Ficará bem mais fácil se imaginar que está amarrando o sapato.

— Ahm... — A incrível complexidade dos laços do sol nascente de Jen apareceu diante de meus olhos. Tirei todos os pensamentos sobre sapatos da cabeça. — Tudo bem. Pronto.

— Agora dobre a ponta mais baixa para cima e depois para a esquerda. Certifique-se de que a outra ponta permaneça na frente da dobra, certo?

— É... certo.

— Agora forme um laço com a ponta mais curta da gravata. Ela deve passar para a esquerda. Depois jogue a ponta comprida, que deve estar para cima em seu pescoço, por sobre o laço horizontal. Está acompanhando?

— Nnn... estou.

— Agora ponha o dedo indicador, apontando para cima, na metade de baixo da parte solta. Puxe as pontas da dobra para frente, juntando-as sutilmente e formando uma abertura atrás delas.

— Ahm?

— Agora passe por trás do laço da frente e empurre o laço resultante através do nó atrás do laço da frente.

— Espere. Quantos laços temos agora?

Ela parou de falar — provavelmente para contar.

— Dois, além do laço em torno do seu pescoço. Você deve estar pronto para apertar o nó, ajustando as pontas.

— Eu acho que...

— Emily diz o seguinte: "Lembre-se de expressar sua individualidade. Não deve ficar perfeito demais."

— Ah, você devia ter me dito isso antes. Talvez tenhamos que começar tudo de novo.

— Bem, talvez perfeito esteja bom.

— Não esse tipo de perfeito.

— Tudo bem. — Ouvi barulhos de folhas sendo viradas. — Primeiro, a gravata deve estar solta, com uma ponta mais comprida do que a outra. A partir deste momento, vou me referir a ela como "a ponta comprida"...

E assim prosseguimos, pelos 17 minutos mais torturantes da minha vida, período ao qual me referirei a partir daqui como "inferno da gravata-borboleta". Porém, no fim das contas, e praticamente por vontade própria da gravata, consegui dar o nó, alcançando um grau de imperfeição que exagerou só um pouquinho minha indivualidade.

Estava pronto, mas, em minha exaustão pós-nó da gravata, me dei conta de que não tinha comido nada desde o café da manhã. Mesmo que o anticliente não percebesse meu disfarce, e portanto não me seqüestrasse, eu não iria muito longe sem açúcar no sangue.

Na cozinha, minha mão congelou a alguns centímetros da porta da geladeira. Em cima dela, a luz da secretária eletrônica dos meus pais piscava. Recriminei-me por não ter dado uma olhada antes. Normalmente, ninguém me ligava pelo telefone fixo, mas, com meu celular desaparecido, talvez alguém tivesse tentado me contatar pelo número dos meus pais.

Depois de apertar o botão, ouvi a voz da minha mãe declamando esta mensagem ao mesmo tempo animadora e preocupante:

"Espero que ouça este recado, Hunter. Boa notícia: um homem ligou e disse que encontrou seu celular. Eu nem sabia que você o tinha perdido, mas isso não importa. Ele foi muito gentil. Disse que estaria aqui perto hoje à tarde e que entregaria no meu escritório. Até à noite."

Bip.

Peguei o telefone e liguei para o trabalho da minha mãe. Era um dos poucos números que eu sabia de cor. O assistente dela atendeu.

— Ela já foi embora.

— Apareceu algum homem aí, um homem estranho, para deixar uma coisa?

Ele deu uma risada.

— Fique tranqüilo, Hunter. Ele apareceu. Um cara muito legal. Sua mãe recebeu o celular e está levando de volta para casa. Pode acreditar. Vocês crianças e seus telefones...

— A que horas ele passou?

— Hum, acho que logo depois do almoço.

— E minha mãe está bem? Ela não foi a lugar nenhum com ele, foi?

— Claro que ela está bem. Ir a algum lugar? Do que você está falando?

— Nada. É só que... — Ele deve ter ido ao escritório para conhecê-la. Depois, ficaria esperando na rua, até ela voltar para casa. Ele apareceria, iniciaria uma conversa qualquer e tentaria levá-la a algum lugar. Haveria muitas chances para isso. Mamãe sempre volta de metrô. Ou talvez simulassem um roubo de bolsa para conseguir mais informações. — Não é nada. Obrigado.

Desliguei.

Eles poderiam estar com minha mãe, além de Mandy. Mesmo que só tivessem pegado a bolsa, certamente, a esta altura, já saberiam meu endereço. Para não falar do...

Ouvi barulho de chaves na porta.

CAPÍTULO QUINZE

A PORTA DO APARTAMENTO SE ABRIU E HOUVE UMA TROCA de olhares horrorizados.

Eu me recuperei primeiro, assim que percebi que era mesmo minha mãe. Não havia ninguém a ameaçando com uma faca no pescoço. Era só minha mãe.

Ela, por sua vez, surtou. Olhou para mim por um momento, depois para as chaves, o número do apartamento na porta e finalmente para mim de novo.

— Hunter...?

— Oi, mãe.

A sacola de compras caiu, virando de lado, com os produtos agora esquecidos espalhando-se pelo chão. Ela deu alguns passos para frente, observando meu esplendor de dois mil dólares com a boca aberta.

— Meu Deus, Hunter, é você mesmo? O que aconteceu?

— Decidi dar uma mudada no visual.

Ela piscou uma única vez em câmera lenta.

— Porra, e que mudança!

Por ser a causa do comentário um tanto informal da minha mãe, fui obrigado a rir.

Ela deu mais alguns passos, balançando a cabeça, e esticou o braço para tocar meu cabelo platinado.

— Não se preocupe, mãe, não vai quebrar.

— Ficou muito bonito. Na verdade, ficou *lindo*, mas...

Levei a mão até a gravata-borboleta. Seria possível que já estivesse torta?

— Mas o quê?

— Você mal parece... você.

A voz dela ficou esganiçada na última palavra e, num instante terrível, minha mãe conseguiu ir dos palavrões às lágrimas. Seus olhos brilhavam, seus lábios tremiam, e ela fungava.

Eu estava assustado.

— *Mamãe.*

— Desculpe.

Ela pôs a mão esquerda no meu ombro, enquanto a outra cobria seus olhos. Os ombros tremiam.

— Qual é o problema? O que eu...?

Seus olhos voltaram-se para mim. Percebi que agora estava rindo. Um som vindo de dentro que agitava todo seu corpo.

— Desculpe, Hunter. É só que você parece tão *diferente*.

Respirei aliviado. Havíamos voltado ao território da surpresa.

— Eu sei. Vou a uma festa hoje à noite — expliquei. — É meio formal. Então eu e Jen estávamos andando por aí e pensamos que seria divertido... nos arrumar um pouco, sabe?

— Foi Jen que fez isso no seu cabelo?

— É, foi.

— Bem... muito bem. — Ela limpou a garganta, agora apenas sorrindo, embora seus olhos ainda brilhassem. — Você está incrível. Quando aprendeu a dar nó numa gravata-borboleta?

— Recentemente. — Olhei para o relógio. — Desculpe, mãe, mas preciso sair. A festa é meio longe.

— Tudo bem. — Ela assentiu, finalmente livre do efeito do choque. Em seguida, deu uma risadinha. — Não vou contar nada ao seu pai. Mal posso esperar até amanhã de manhã. Ah, espere um pouco, quase me esqueci. — Ela procurou algo na bolsa. — Um cara muito gentil...

— É, estou sabendo de tudo sobre o cara gentil. — Ela tirou meu celular da bolsa, e imediatamente o peguei. Suas formas familiares encaixaram-se na minha mão, maravilhosamente reais. — Obrigado por pegá-lo para mim. O cara gentil não fez nenhuma pergunta estranha, fez?

— Não. Ele só disse que o achou em Chinatown.

— Ele era careca?

Ela me olhou intrigada.

— Não. Por que seria?

— Era uma mulher de cabelo prateado com uma grande cabeça de alienígena estampada na camisa?

— Hunter, como você perdeu o celular?

Prometi a mim mesmo que explicaria tudo mais tarde.

— Acho que deixei cair. Obrigado. Que bom que você está bem.

— É claro que estou bem. — Ela sorriu, dando um passo atrás, para me avaliar mais uma vez. — Já tive de suportar coisas piores do que você tingir o cabelo de louro. — Não contei que estava falando de outro assunto. Em vez disso, dei um abraço nela. — Divirta-se, Hunter. E diga a Jen que quero muito conhecê-la. *Muito.*

Sorri.

— Pode deixar. Também quero que você a conheça.

O mais estranho era que eu realmente queria.

A festa de lançamento era no Museu de História Natural.

O museu é um vasto castelo em estilo gótico localizado perto do Central Park. A vizinhança, repleta de apartamentos com vista para o parque e de escolas particulares que cobram tão caro quanto universidades de primeira linha, é o ambiente dos *hoi aristoi*, termo grego para "aristocratas". As pessoas normais, como nós, são os *hoi polloi*.

Peguei um táxi até o local da festa, um investimento relativamente pequeno para reduzir o risco de danos ao meu traje de dois mil dólares. O longo dia de verão ainda não havia recolhido todo seu vapor do asfalto de Nova York; estava quente demais para ficar de pé numa plataforma de metrô em roupas formais. Também seria muito estranho. Minha mãe achava que eu estava bem, *eu* achava que estava bem, mas estar bem depende do contexto. Para o resto dos *hoi polloi*, eu provavelmente parecia apenas um pingüim.

Um pingüim faminto. Por causa do breve e desconcertante encontro com minha mãe, ainda não tinha conseguido comer nada. A esperança era de que houvesse algumas bandejas com comida aristocrática na festa.

Dentro do táxi, tirei os dois celulares do bolso — o meu e o de Mandy — e os comparei para confirmar que realmente havia recuperado o meu. Mas o que aquilo significava? Talvez o cara gentil fosse realmente gentil, e ninguém estivesse atrás de mim. O detetive Johnson teria razão a respeito de Mandy? Ela teria sido apenas chamada para tomar conta de um parente doente e, de alguma maneira, perdido o celular? É claro que, para aquilo ser verdade, toda a perseguição no prédio abandonado deveria ser um mal-entendido. Ou talvez obra de um maluco qualquer. Quem sabe uma alucinação?

Não parecia provável.

E nem aquelas teorias absurdas explicavam os convites para o lançamento da *Hoi Aristoi*. O anticliente era real e queria conversar comigo. Eles provavelmente tinham se livrado do meu celular para que um pedestre qualquer o achasse. Não precisavam mais do aparelho porque sabiam que eu não podia abandonar Mandy à própria sorte (ou resistir à sedução dos tênis) e que estaria na festa.

Passando os dedos sobre os botões do celular, decidi ligar para Jen.

— Você ligou para Jen. Deixe uma mensagem.

— É o Hunter. Consegui recuperar meu telefone. Um cara, que não era careca, levou o aparelho ao trabalho da minha mãe. Não sei o que isso significa. Então, ahn, acho que nos vemos mais tarde. O plano é esse, não é? É... tchau.

Fiquei refestelado no banco do táxi, lamentando-me por ela não ter atendido e por eu ter deixado uma mensagem tão estúpida. Nunca gostei de caixas postais. Essencialmente, são uma espécie de lente de aumento para qualquer coisa ou pessoa que o deixa nervoso. Mas claro que eu não tinha razão para ficar nervoso perto de Jen. Pensei em todas as vezes que ela havia me olhado naquele dia e encontrado razões para me tocar, para continuar ao meu lado. Sem contar a mudança radical que tinha realizado na minha aparência. Jen gostava de mim.

Mas eu queria saber se ela *gostava* de mim. Esfreguei a testa. O grande problema de ficar fascinado por alguém (sim, eu estava fascinado) é que você acaba fascinado demais para notar se a outra pessoa também está fascinada por você. Ou algo parecido. Talvez Jen só estivesse fascinada pela busca por Mandy. Ou talvez achasse que eu vivesse aventuras como aquela todos os dias e fosse se desapontar quando descobrisse que não. E garotas costumam clarear os cabelos dos caras com quem querem ficar? Provavelmente não, mas talvez fosse o caso de Jen...

No meio desse remix mental, havia uma certa consciência de que minha ansiedade estava voltada para a direção errada. Se meu disfarce não funcionasse, meu interesse por Jen seria a menor das minhas preocupações: o anticliente poderia destruir muito mais do que meu ego.

Lembrei de todos os filmes em que os sujeitos inseguros dizem: "Mas vamos cair direto numa armadilha!." E os destemidos dizem: "Sim, mas é por isso mesmo que eles não estão esperando por nós." O que, obviamente, não passa de bobagem. A única razão de se montar uma armadilha é a expectativa de que alguém caia nela, não é mesmo?

Contudo, eles esperavam um Hunter moreno, usando bermuda de skatista, e não um não-Hunter louro, vestido de pingüim.

Respirei fundo. Precisava mesmo comer.

Àquela hora, o museu estava fechado ao público, mas a escadaria de mármore continuava ocupada por alguns turistas.

Juntei-me às outras pessoas que seguiam para a festa, passando por entre os grupos de indivíduos de câmera em punho, cansados e queimados pelo sol. Aliviados, entramos no frescor do ar-condicionado do museu — mulheres em vestidos de gala e homens de smoking. No salão, um esqueleto de barossauro erguia-se em duas patas sobre nossas cabeças, com 25 metros de altura, defendendo o esqueleto de seu filhote do esqueleto de um *T. rex*. Lembrava de ter ido ali quando criança e pensado por que todos aqueles esqueletos de dinossauro se preocupavam em devorar uns aos outros se claramente não tinha sobrado muita carne.

A multidão era grande o suficiente para engolir as pessoas, mas as paredes de mármore suavizavam a horda de vozes. No meio dos meus companheiros pingüins, senti-me bem disfarçado, misturando-me à massa enquanto cordas de veludo nos direcionavam do salão de entrada para o Hall dos Mamíferos Africanos.

Aquela era a parte antiga do museu, criada na época em que os conservacionistas viajavam pelo mundo, matavam animais e traziam os corpos de volta para exibi-los empalhados. O que não deixa de ser uma *forma* de conservação. No centro do imenso salão, uma família de elefantes empalhados caminhava unida, imponente e sem saber para onde ir. Nas paredes ao redor, havia dioramas de zebras, gorilas e antílopes em paisagens africanas, observando-nos com olhos de vidro, parecendo paralisados de surpresa, como se ninguém os tivesse avisado da exigência de smoking.

A multidão movia-se lentamente em círculos em torno dos elefantes. Dentro do que se espera em Manhattan, a festa só começava a esquentar, duas horas depois do início, com as pessoas pegando seus primeiros drinques. O fluxo vagaroso permitiu que eu desse uma olhada no ambiente, à procura da versão disfarçada de Jen e de qualquer sinal do anticliente.

Eu estava nervoso. As pontinhas de plástico na etiqueta das roupas começavam a me incomodar, e eu ainda me assustava ao ver de relance o estranho de cabelo oxigenado no vidro que me separava da estepe africana. Toda garota da altura de Jen atraía meus olhos, mas, a não ser que tivesse optado por uma cirurgia plástica, ela não era nenhuma daquelas. É claro que eu também me agitava sempre que uma cabeça careca aparecia numa extremidade do meu campo de visão; uma parte de mim esperava uma mão pesada tocando meu ombro e me conduzindo para um canto escuro do museu. Caminhei pela festa, apreensivo e hiperalerta, como se a dupla de leões adormecidos de um dos dioramas estivesse viva.

Para me acalmar, fiz o que os Caçadores de Tendências acabam fazendo instintivamente: interpretei a multidão.

O público da *Hoi Aristoi* era jovem e rico — o tipo de pessoa cujo trabalho é justamente ir a festas como aquela. Todo mundo sabe quem são. Seus nomes aparecem em negrito nas páginas de fofocas, presumivelmente para lembrá-los de onde estiveram na semana anterior. Estavam lá para refinar seus talentos sociais, preparando-se para o dia em que seus fundos fiduciários se transfomariam em heranças reais, o que lhes permitiria entrar para os conselhos de museus, orquestras e companhias de ópera. E freqüentar mais festas. Flashs espocavam a toda hora, na busca por material para as colunas sociais dos jornais de domingo e para as páginas das revistas de celebridades. Aparentemente, a *Hoi Aristoi* realmente possuía raízes aristocráticas. Uma revista com cacife para ocupar todo o Museu de História Natural com uma festa só podia ter por trás de si pessoas muito bem relacionadas socialmente.

Eu imaginava se alguma daquelas pessoas um dia chegaria de fato a ler a *Hoi Aristoi*. Haveria uma coluna de conselhos para homens solteiros? Ensaios sobre como cuidar de casacos de *vison*? Seleções de produtos em oferta para o banheiro das mulheres bulímicas?

Não que o conteúdo importasse. As revistas são apenas embrulho para anúncios, e os anunciantes deviam estar fazendo fila para encher as páginas da *Hoi Aristoi*, prontos para despejar ofertas de imóveis na região de Hamptons, centros de tratamento para drogados, lipoaspiração e uma dezena de marcas que não devo mencionar. E, para cada leitor aristocrático legítimo, haveria uma centena de aspirantes, criaturas desprezíveis dispostas a comprar uma bolsa ou relógio anunciado, na esperança de que o resto do estilo de vida viesse junto, de alguma maneira.

Por que aquela tribo me incomodava tanto? Não é que eu seja contra a hierarquia social; na verdade, meu trabalho depende disso. Todo círculo de consumidores de moda — de estrelas do basquete a DJs de Detroit — organiza-se em aristocratas e *hoi polloi*, em enturmados e irrelevantes. Mas aquele grupo era diferente. Tornar-se um *aristoi* não era uma questão de gosto, inovação ou estilo, e sim de nascer numa das cem famílias seletas de Manhattan. E esta é a razão de não haver Inovadores entre os aristocratas. Para escolher seu novo visual, eles dependem de estilistas de Paris e Roma, uma ajuda escolhida a dedo por Criadores de Moda como Hillary Hífen. O topo da pirâmide de tendências dos *hoi aristoi* —

onde deveriam estar os Inovadores — é cortado. Como a imagem no verso da nota de um dólar. (Coincidência? Bom assunto para debate.)

De repente, meus passos vacilaram e senti meu aborrecimento se afastar. A poucos metros, havia duas modelos contratadas, paradas diante de um trio de bisões confusos. Elas distribuíam sacolas com brindes.

Ricos nojentos ou anarquistas radicais, *todo mundo* adora sacolas com brindes.

Peguei uma sacola tentando me convencer de que era apenas para procurar pistas sobre os patrocinadores da festa. As festas em Nova York são sempre orgias multimarcas — uma mistura de publicidade, listas de convidados e brindes. As sacolas são o depósito definitivo de todo esse marketing cruzado. Os envolvidos enfiam nelas uma variedade de artigos pessoais, revistas, ingressos para filmes, CDs, chocolates e minúsculas garrafas de bebida. Os patrocinadores principais (não vou citar marcas, porque vocês não conseguirão comprá-las em loja, por razões que logo se tornarão claras) eram a própria *Hoi Aristoi*, uma marca de rum chamada Noble Savage e um novo xampu que atendia pelo curioso nome de Pu-Xam. O grande prêmio na sacola era uma câmera digital, do tamanho de um isqueiro antigo, com a marca Pu-Xam estampada em toda parte.

Uma câmera digital grátis como forma de publicidade. Fui obrigado a fazer o Gesto para aquilo.

Mas ninguém consegue viver só de sacolas de brinde. Devorei o chocolate e saí à procura de comida de verdade.

Logo passou uma bandeja com champanhe e suco de laranja. Peguei um copo de suco e só depois de dar um grande gole descobri que estava misturado com Noble Savage... *muito* Noble Savage. Consegui não cuspir. Bebi tudo por causa do açúcar, mas me arrependi imediatamente. Uma sensação estranha no meu estômago vazio começou a tomar conta também do meu cérebro.

Os cantos da festa já se desfaziam ao meu redor e logo eu estava vendo imperfeições nas gravatas dos meus companheiros pingüins. Muita individualidade sendo expressada, de acordo com Emily Post. Ou eu teria escolhido a Vanderbilt? Não conseguia lembrar, o que me pareceu um mau sinal.

Talvez minha ansiedade não estivesse relacionada ao desaparecimento de Mandy, ao potencial perigo representado pelo anticliente, às ambições dos *hoi aristoi* ou mesmo aos mistérios dos sentimentos de Jen. Também não se tratava do baixo nível de açúcar. Era bem mais simples.

Eu estava sozinho numa festa.

Ninguém gosta de se sentir isolado. A exemplo do pequeno rebanho de antílopes empalhados que olhavam discretamente para mim, do outro lado do salão, eu era um animal social. E lá estava, de smoking, segurando uma sacola de brindes e um copo vazio de suco de laranja, sozinho no meio de um monte de gente que não conhecia e de quem, por instinto, não gostava.

Onde estava Jen? Pensei em ligar para ela, mas ainda não tinha nada a relatar. Até então, parecia uma festa de lançamento como outra qualquer.

Naquela situação, gostaria até de um sinal do sujeito careca, ou mesmo do Homem da Nascar ou da Mulher do Futuro. Ter de me esconder ou de fugir seria melhor do que ficar parado sozinho. Queria qualquer coisa que me desse um objetivo.

Passou outra bandeja, cheia de algo parecido com comida, e eu a segui.

A bandeja me levou por um pequeno corredor que terminava na área do museu dedicada ao espaço exterior. O planetário surgiu diante de mim: um imenso globo branco sustentado por pernas curvadas, tão impressionante quanto uma nave alienígena. Ainda assim, como acontece com freqüência em museus, eu só pensava em comida. Abri caminho atrás da bandeja, mas fui alcançar o garçom de branco quando ele já estava cercado por uma pequena multidão esfomeada.

Na bandeja, havia uma variedade de experimentos malsucedidos com sushis: pequenas torres de ovas de peixe e tentáculos multicoloridos que talvez pingüins não-metafóricos tivessem coragem de comer. Não era exatamente o que eu procurava, mas peguei dois exemplares do que parecia ser uma simples bolinha de arroz e enfiei na boca. Algo lá dentro explodiu num gosto de sal e peixe — uma bomba escondida num sushi. Engoli assim mesmo. Depois devorei o segundo.

Minha boca estava tão cheia que não consegui gritar quando um certo homem careca apareceu ao meu lado.

CAPÍTULO DEZESSEIS

— MRRF — EXCLAMEI, ALARMADO.
Ele sussurrou algo sem sentido, enquanto seus olhos passavam por mim.

Engoli a bola de arroz de uma vez só, quase engasgando.

Ele continuou sussurrando e, gradualmente, fui percebendo que não estava sussurrando para mim. Diante de sua boca, havia um discreto microfone preto ligado a um fone de ouvido, e seu olhar parecia distante, como o olhar de moradores de rua e de usuários de Internet sem fio. Ele falava numa espécie de telefone. E sua atenção passava *através de mim*.

De cabelo louro e roupa de pingüim, eu era invisível.

Virei-me e dei alguns passos para longe. Os tensos feixes de nervos no meu estômago lentamente relaxaram e logo não ameaçavam mais devolver o sushi que eu havia engolido. Prossegui na direção do planetário, tentando dar passos regulares, até me deparar com um modelo de Saturno, do tamanho de uma bola inflável, pendurado no teto.

Enfiei-me atrás do planeta e contei até dez, na expectativa de que a cabeça careca aparecesse, seguida por mais cinco capangas com fones de ouvidos e sorrisos ameaçadores.

No entanto, como o careca não apareceu, decidi dar uma espiada.

Ele estava no mesmo lugar e continuava falando no microfone. Era um não-pingüim, usando o modelito preto característico dos seguranças. O sujeito examinava as pessoas, claramente à procura de alguém.

De mim.

Sorri. O disfarce criado por Jen havia funcionado. Ele não tinha ligado o novo não-Hunter ao garoto skatista daquela manhã.

Mesmo assim, achei que voltar e passar por ele de novo seria brincar com a sorte. Olhei para frente em busca de outra parte da festa para explorar. Bem diante de mim, o planetário recebia um fluxo contínuo de convidados em suas entranhas. Uma placa anunciava exibições ininterruptas do novo anúncio do Pu-Xam para a TV. Lá dentro, estaria escuro, e eu poderia recuperar minha tranqüilidade num ambiente familiar de discussão de grupo. Assistir a comerciais era uma das minhas especialidades.

Respirei fundo, saí de trás do planeta pendurado e avancei decidido até o planetário. No caminho, peguei uma taça de champanhe e ajeitei minhas abotoaduras, o que me fez sentir como um autêntico agente secreto.

O Pu-Xam acabou se mostrando um xampu bastante viajante.

A intensidade das luzes do planetário foi reduzida. As cadeiras inclinaram-se para trás e meu corpo mergulhou na presença ressoante de um sistema de som típico de museu. Estrelas se acenderam sobre nossas cabeças, claras como numa noite fria, no alto de uma montanha.

Em seguida, apareceu um retângulo de luz — uma tela de televisão gigante abrindo caminho no meio do universo.

O anúncio começou no estilo tradicional dos anúncios de xampu: uma modelo no chuveiro com o cabelo coberto de espuma. Na cena seguinte, ela aparece se vestindo. O cabelo seco agita-se em câmera lenta, nos melhores ângulos que os efeitos especiais são capazes de produzir. (Em algum lugar, colegas menos qualificadas da Lexa haviam atuado como máquinas que transformavam café em detalhes perfeitos.)

Finalmente o namorado da modelo chega. Deslumbrado diante do cabelo tratado com Pu-Xam, o cara balbucia: "Você cavou o labelo?"

Ela dá um sorriso vago, jogando o cabelo de lado.

Na cena seguinte, eles chegam ao teatro. O lanterninha, maravilhado com o cabelo deslumbrante, murmura: "Posso legá-los aos seus luvares?"

Nossa heroína dá um sorriso vago, jogando o cabelo de lado.

Depois, no jantar, o namorado, ainda deslumbrado, pede uma "costela de corpo com ervilhas e ceroulas".

Adivinhem. Vorriso sago, labelo para o cado.

O anúncio acabou com um close na embalagem e a voz do narrador:

"Pu-Xam: clorifica seu gabelo!"

O planetário ficou escuro. O público cochichava misturando surpresa e risadinhas. De repente, uma espécie de falha de software pareceu tomar conta do projetor. A tela passava rapidamente de um azul intenso para um vermelho ofuscante, sem parar, dando uma injeção de confusão bem no interior do meu cérebro.

O pisca-pisca parou tão repentinamente quanto tinha começado, e então as estrelas voltaram, as luzes se acenderam e as pessoas começaram a aplaudir.

Saí do planetário aos tropeções, piscando sem parar e tendo esquecido completamente o sujeito careca, o anticliente e todo o resto. A tela piscante havia provocado alguma reação em mim.

Como a taça de champanhe na minha mão estava vazia, apanhei outro copo de suco de laranja numa bandeja. Pensamentos pela metade passaram pela minha cabeça, como se alguém tivesse dado *boot* no meu cérebro.

O novo suco de laranja estava mais aditivado com Noble Savage que o primeiro, mas eu precisava de algo real na minha mão. Por isso, continuei bebendo, na tentativa de escapar da sensação esquisita causada pela sessão do Pu-Xam.

Havia alguma coisa me incomodando e tirando meu sossego. Como todo mundo, já passei muito tempo diante da televisão vendo uma quantidade *enorme* de comerciais. Já tinha até sido pago para avaliá-los. Mas havia alguma coisa estranha demais no anúncio do Pu-Xam. Não só a tela piscante no fim. Era alguma afronta ainda maior à minha sensibilidade.

Não tinha parecido *real*.

É como quando se está assistindo a um filme, e neste filme alguém está vendo TV, e está passando um programa que não existe de verdade, com um apresentador fictício criado apenas para o filme. E tudo sempre parece *errado*. Isso acontece porque nós, em parte, somos máquinas que transformam café em disposição para ver TV. E somos muito, muito bons nisso.

Dois segundos depois de ligar a televisão, sabemos se é uma produção do fim dos anos 1980 ou do ano passado; se é um seriado policial, uma comédia ou um filme feito para a TV; se é uma grande rede ou um canal especializado. E tudo isso com base em pistas sutis de iluminação, ângulo de câmera e qualidade da gravação. Instantaneamente.

Não deixamos nada passar.

— Ru-Xam não é peal! — disse, em voz alta.

Vi a porta do banheiro masculino e decidi entrar. Depois de botar o copo vazio sobre a pia, vasculhei a sacola de brindes, até achar o pequeno frasco de Pu-Xam.

Espalhei um pouco na ponta de um dedo. A cor era meio roxa, mas, fora isso, tinha aparência e cheiro de xampu. Abri a água e esfreguei os dedos: a espuma resultante era bem semelhante à de um xampu comum.

No espelho, o estranho de cabelo oxigenado, que obviamente estava louco, olhava para mim.

Franzi a testa. Talvez as loucuras daquele dia tivessem me subido à cabeça. Ou talvez o ácido aplicado por Jen no meu cabelo realmente tivesse penetrado no meu cérebro. Aparentemente o Pu-Xam era real. Eles só haviam criado uma campanha publicitária meio idiota. Suspirei e lavei as mãos.

Lavei as mãos por cinco minutos.

Mas elas continuaram roxas.

O Pu-Xam era uma fraude. Não passava de uma espécie de tintura muito forte. Aquela festa toda era parte de um plano para deixar pessoas ricas roxas.

— Isto não faz sentido — disse ao estranho de cabelo oxigenado, enquanto secava minhas mãos roxas.

Consegui falar sem trocar as letras, um sinal de que as luzes fluorescentes do banheiro deviam estar me levando de volta à realidade. Porém, minhas mãos tremiam por causa da fome, e eu podia sentir o rum e o champanhe ameaçando fazer minha cabeça rodar.

Precisava de comida.

Larguei a sacola de brindes no banheiro para evitar novas armadilhas. Mas fiquei com a revista e a câmera digital. A câmera estava coberta de logomarcas do Pu-Xam, portanto era a ameaça mais provável, mas era tão pequena e tão *linda*... Afinal, era uma câmera digital de graça!

Como minhas mãos recém-pintadas de roxo não ajudavam no disfarce de pingüim, enfiei-as nos bolsos, tentando parecer natural, e não um cara que tinha sido tingido duas vezes no mesmo dia. Fiquei satisfeito por não ter caído Pu-Xam no meu novo cabelo.

Peguei o celular e liguei para Jen. Caixa postal de novo. Pela centésima vez, imaginei onde ela estaria. Estava louco para lhe contar sobre o homem careca e sobre a fraude do xampu e do anúncio. E para saber se ela também havia descoberto algo.

A pergunta que eu mais queria fazer era a seguinte: por que o anticliente ia querer tingir as pessoas de roxo?

Outra bandeja passou, desta vez com sanduíches duplos de salmão. Segui o garçom de volta até o Hall dos Mamíferos Africanos, pensando numa forma de pegar um sem que minhas mãos roxas chamassem atenção.

O homem careca permanecia no mesmo lugar, na passagem entre os salões, e ainda falava ao fone de ouvido. Endireitei os ombros e confiei no meu disfarce para me ajudar a passar por ele novamente.

Contudo, o engarrafamento obrigou o garçom a parar, e as pessoas avançaram sobre os sanduíches. Muito rápido. Cerrei os dentes, levemente bêbado e incrivelmente faminto, e decidi arriscar. Eu *precisava* de comida.

Estiquei o braço e agarrei um sanduíche. Na mesma hora enfiei metade na boca. Assim como as bolinhas de arroz, estava muito salgado, mas o segurei com firmeza e continuei a comer, de costas para o sujeito careca.

Ninguém reparou em mim. A parte de trás das minhas mãos não estava tão roxa quanto a palma. Resolvi tentar pegar mais um sanduíche antes de me afastar do homem careca.

Observando o enxame de comedores de salmão, percebi que todos tinham drinques nas mãos. As palavras arrastavam-se, e cheguei a ouvir uma mulher aderir ao Pu-Xamês:

— A fomida da cesta está ótima!

Os amigos dela caíram na gargalhada.

As pessoas estavam ficando visivelmente bêbadas. A comida salgada as incentivava a beber mais, e havia Noble Savage por toda parte. Àquela altura, as câmeras de brinde já tinham saído das sacolas, resultando em risinhos e flashes a torto e a direito.

Entre mordidas vorazes, percebi que as câmeras Pu-Xam tinham aquele mecanismo de piscar rapidamente antes do flash principal, para levar ao fechamento da pupila e evitar os diabólicos olhos vermelhos. As luzinhas, porém, pareciam mais intensas do que o normal. Alternavam-se em vermelho e azul, exatamente como a tela que havia atordoado meu cérebro ao final do anúncio do Pu-Xam. Minha cabeça começou a latejar de novo.

A festa inteira seria uma armadilha?

Não, só podia ser minha imaginação. Mais um sanduíche e ficaria tudo bem.

Assim que estiquei o braço, senti um perfume familiar invadindo minhas narinas.

— Mãe? — perguntei, baixinho.

Era um dos perfumes criados por ela.

Virei para trás, com o sanduíche na mão roxa, e dei de cara com Hillary Winston-hífen-Smith.

Seu olhar alternava-se entre minha mão roxa e meu rosto repentinamente pálido. O reconhecimento era inevitável.

— Hunter? — murmurou ela.

— Acho que cocê está me vonfundindo — respondi.

CAPÍTULO DEZESSETE

— É VOCÊ! — GRITOU HILLARY.

Seu grupo de amigos virou-se na minha direção, talvez esperando uma pequena celebridade ou um primo distante do clã Winston-hífen-Smith.

— Ahn, oi, Hillary — disse discretamente, tentando pensar. Não repita meu nome! Não repita meu nome!

— Meu Deus, *Hunter*! Você está totalmente diferente!

O homem careca estava de frente para mim, a poucos metros, e Hillary ali, gritando meu nome.

— Ah, não estou tão diferente.

Não fale do cabelo!

— Ah, claro. O que você fez no seu *cabelo*, Hunter?

Podia sentir os olhos do careca sobre mim, associando minha altura e porte físico ao nome repetido insistentemente (o trigésimo segundo mais popular) e, finalmente, ao cabelo...

— Você devia se arrumar com mais freqüência — continuou Hillary.

A expressão dela acrescentou outro pensamento aterrorizante aos vários que já passavam pela minha cabeça: a possibilidade de Hillary Hífen estar descobrindo que o skatista idiota podia se transformar num cara bonitão.

Mas, de repente, ela pareceu intrigada.

— Por que suas mãos estão roxas? É para fazer um estilo *neopunk* ou algo parecido?

Em algumas situações a única coisa que vem à mente é:

— Preciso ir agora.

Ignorei sua cara de surpresa e saí andando, enquanto o mecanismo antifome do meu cérebro obrigava minha mão a levar o resto do sanduíche de salmão à boca. Nem precisei olhar para trás ao passar pelo Hall dos Mamíferos Africanos. Podia sentir os olhos de vidro dos animais mortos me acompanhando, cientes de que se tratava de um homem marcado.

Não havia dúvida: o sujeito careca estava atrás de mim.

Meu celular tocou. Ainda no piloto automático, atendi.

— Alô?

A voz cavernosa me deixou arrepiado.

— Oi, Hunter. Gostei do cabelo. — Atravessando a multidão que ainda rodeava os elefantes, dei uma olhada para trás. Ele estava perto, abrindo caminho lentamente, porém de modo vigoroso por entre as pessoas. — Queremos falar com você.

— Ahn, pode me ligar amanhã?

— Pessoalmente. Esta noite.

Decidi partir para a ofensiva, embora estivesse agachado atrás de um grupo de pingüins que comparava suas faixas de cetim.

— Onde está Mandy?

— Ela está conosco, Hunter. — Ele fez uma pausa. — Calma, não quis soar ameaçador com isso.

— Pode ser, mas soou. — Continuei andando e acabei esbarrando nas costas de uma mulher. Fiz um gesto de desculpas com minha mão roxa quando ela se virou para mim.

— Desculpe — disse, afastando-me.

— Desculpe pelo quê? — perguntou a voz do careca.

— Não foi com *você*.

Olhei ao redor, tentando localizá-lo de novo. Ele tinha desaparecido.

Meus olhos passavam das gazelas para os leões e destes para os gorilas, na esperança de achar o cara, mas seu corpanzil e sua careca haviam sumido sem deixar vestígio.

— Hunter, isto não tem nada a ver com Mandy. Tem a ver com os tênis.

Dei alguns passos para trás e procurei olhar em todas as direções ao mesmo tempo. Embora ele não pudesse me causar mal no meio da festa, não queria que chegasse mais perto de mim. Por estar vestido como segurança, talvez conseguisse me arrastar para longe, fingindo estar expulsando um convidado malcomportado.

— O que têm os tênis? — perguntei.

— Estamos tentando fechar um negócio. Mas precisamos manter tudo em segredo.

Nenhum sinal dele em meio à massa de pingüins em movimento. Senti o vidro gelado de um diorama às minhas costas. Eu parecia uma peça de exposição.

— Então você quer me manter calado? Isso também parece bastante ameaçador.

— Não é isso, Hunter. Queríamos que você viesse aqui para lhe mostrar o que estamos tentando realizar. Vai muito além dos tênis.

— Estou percebendo.

Um aviso sonoro do celular invadiu meu ouvido, exigindo minha atenção. Olhei para o visor.

Jen.

— Será que você pode esperar na linha? Tenho uma chamada em espera.

— Hunter, não...

Troquei de chamada.

— Jen! Que bom que...

— Vire para a esquerda e ande.

— Onde você está?

— Ande logo! Ele está chegando perto.

Eu andei. Passei pela porta e entrei num corredor cheio de fotografias da Antártica. Depois fui parar num salão repleto de cabanas, roupas típicas, armas e ferramentas.

— Acho que estou na África.

— Continue em frente, depois vire à direita e desça as escadas.

Ela estaria me vendo? Não havia tempo para perguntar.

Cheguei a uma área isolada com uma corda vermelha. Era o fim da festa. Olhei para trás.

— Jen? — gritei.

A não ser que estivesse disfarçada de estátua de feiticeiro iorubá, ela não estava ali. Mas o careca permanecia à vista, avançando a passos calculados, com a expressão de irritação de uma autoridade que tinha sido ignorada.

— Continue andando — disse Jen, ao telefone. — Estou olhando um mapa. Corra.

Passei por baixo da corda e dobrei à direita, atravessando uma sala escura cheia de pássaros empalhados atrás de vidros. Uma larga escadaria de mármore apareceu à minha direita.

Nem me dei o trabalho de olhar para trás, pois já sabia que o homem careca estava na minha cola. Mergulhei na escuridão dos degraus. O solado duro do meu sapato ecoava no mármore e soava como um ruído de desaprovação vindo de todos os lados.

Naquele momento eu daria tudo por um par de tênis. Ou por roupas sem pontas de plástico espetando meu corpo.

Ao chegar ao fim da escada, sussurrei:

— Para onde vou agora?

— Vire à direita de novo. Passe pelos esqueletos de macaco.

Entrei num salão que abrangia toda a história da evolução humana, de primatas preguiçosos pendurados em árvores a exemplares de *Homo remote controllus* igualmente preguiçosos vendo televisão na sala de estar. Tudo em cerca de trinta segundos. De repente, no meio daqueles objetos, percebi que estava totalmente sozinho (sem contar os outros macacos) e comecei a pensar por que havia deixado a segurança da festa.

— Já viu algum meteorito? — perguntou Jen.

— Meteorito? Espere um pouco. — A passagem seguinte levava a um ambiente amplo ocupado por rochas irregulares sobre pedestais. — Sim. Mas *por que* estou apreciando os meteoritos?

— Estou tentando ajudá-lo a despistar o careca, para que possamos ir embora sem sermos seguidos.

— Mas eu estava seguro! Eles não vão fazer nada enquanto a festa estiver rolando.

— As festas não duram para sempre, Hunter.

Olhei para a escuridão atrás de mim e pensei ter ouvido passos lentos e medidos descendo a escadaria de mármore.

— Jen, onde você está, afinal de contas?

— Dois andares acima de você, num balcão sobre os elefantes. Você está tentando se esconder, não está?

Olhei para trás, por entre os macacos, mas ainda não conseguia ver ninguém. Nenhum sinal de outros seres humanos desde que eu tinha descido as escadas.

Mesmo assim, era melhor ficar escondido.

Mais ou menos no centro do salão, havia um meteorito do tamanho de um carro, ou seja, grande o suficiente para eu me agachar atrás. Estiquei o pescoço para dar uma espiada e condicionar meus olhos a detectar a aproximação de qualquer pessoa vinda do salão dos esqueletos de macaco.

— Certo, agora estou escondido.

— Acha que ele foi atrás de você?

— Com certeza — sussurrei. — Mas ele não parece estar com muita pressa de me encontrar. Talvez esteja chamando reforços.

— Ótimo. Permaneça escondido. Agora que estão fora do caminho, quero dar uma olhada em algumas outras coisas aqui em cima.

— Espere aí, Jen. Você está me usando para *despistá-los*?

— Você consegue correr mais do que ele, não consegue?

— Por que essa sua fixação por correr?

— Ouça, Hunter: ligue para mim, se precisar de ajuda. Se ficar enjoado dos meteoritos, vi umas pedras preciosas bem bacanas na sala seguinte. Adoro este lugar.

— Que emocionante.

— Mas provavelmente é melhor ficar onde está. A sala das pedras preciosas não tem saída.

— Está me dizendo que o único jeito de sair daqui é voltando por onde vim?

— É. Por isso, continue escondido. Nos falamos mais tarde.

Continuei escondido, agachado atrás do imenso pedaço de metal vindo do espaço sideral. Como sempre faço quando estou preocupado, enchi a cabeça com informações inúteis, desviando o olhar da entrada para ler as plaquetinhas espalhadas ao meu redor.

Descobri que o meteorito tinha sido levado a Nova York por Robert Peary, o pioneiro do Pólo Norte. Pesava impressionantes 34 toneladas, o que tornava seu transporte por navio no mínimo curioso. A bordo da embarcação quase submersa de Peary, o monte de ferro atraía a agulha da bússola, impedindo que o navegador soubesse em que direção estava indo.

Consegui imaginar a sensação.

Imaginei o sujeito careca com uma bússola na mão vindo bem na minha direção.

Apesar disso, ficar agachado no escuro me deixou mais calmo e pareceu consertar os circuitos danificados pela experiência do Pu-Xam no planetário. Depois de alguns minutos de espera e ponderação, lembrei-me de uma antiga lenda urbana sobre um desenho japonês para crianças. Um dos episódios havia provocado convulsões por causa de um certo efeito luminoso.

Queria saber se a história era verdadeira. Não sei que mecanismo as luzes poderiam ter ativado, mas era algo mais sutil do que epilepsia, ainda que tivesse o poder de confundir e desnortear.

Mas por quê?

Estava quase certo de que o Pu-Xam era um pseudoproduto. Assim como os tênis piratas, tinha sido criado para confundir a ordem das coisas; romper o laço sagrado entre marca e consumidor. Vi minhas mãos roxas e imaginei se um dia conseguiria voltar a aplicar algo na minha cabeça sem tremer. Embora o anticliente fosse esquisito demais, comecei a perceber alguns traços gerais de seu plano.

Poucos minutos depois o careca apareceu entre os esqueletos de macaco. Abaixei-me mais, observando de trás da grande rocha espacial. Seus sapatos sociais brilhavam na escuridão.

E ele não estava sozinho.

CAPÍTULO DEZOITO

OS SAPATOS AO LADO ERAM BOTAS DE VAQUEIRO. ERA O Homem da Nascar. Ele também usava o modelito básico preto comum aos seguranças de eventos formais.

— Hunter? — gritou o careca. — Sabemos que você está aqui.

Tentei me convencer de que não sabiam, mas meu coração estava acelerado e minhas mãos suavam. (Quase as enxuguei no paletó antes de lembrar dos dois mil dólares que receberia de volta com a devolução.)

Não havia como passar. Eles estavam lado a lado, na entrada, bloqueando qualquer possibilidade de fuga.

Talvez seguissem até a sala das pedras preciosas e eu pudesse sair correndo até as escadas. Talvez meu traje preto de pingüim me ocultasse na escuridão do museu. Talvez Jen aparecesse e me salvasse.

Era mais provável que eu estivesse ferrado.

Eles ficaram parados por um tempo. Então ouvi o careca murmurar:

— Isto deve resolver.

Sons irregulares alcançaram meu ouvido. Ele estava ligando...

Faltando uns dois segundos, entendi aonde ele queria chegar. Era para isso que haviam devolvido meu celular. Ele estava telefonando *para mim*. O toque me denunciaria.

Revirei meu bolso, à procura do celular, e o botei no modo silencioso com um movimento rápido praticado freqüentemente em cinemas. Porém, olhando para o aparelho, entrei em pânico, ao me dar conta de que havia outro volume do tamanho de um telefone dentro do meu bolso.

Eu estava segurando o meu celular ou o de Mandy? Eles tinham exatamente o mesmo tamanho e formato — e, no escuro, não conseguia distinguir as cores.

Peguei o outro aparelho...

Neste momento, o *primeiro* celular se acendeu, em silêncio e vibrando levemente. Soltei o ar dos pulmões.

Eu havia escolhido o aparelho certo por pura sorte. (Talvez tivesse uma conexão psíquica com meu celular. Bom tema para debate.)

Enquanto os homens permaneciam em silêncio, prestando atenção, o telefone de Mandy me deu uma idéia. Coloquei-o com cuidado sobre o carpete e empurrei-o na direção da sala de pedras preciosas. O aparelho deslizou pelas sombras como um disco de hóquei e logo saiu do meu campo de visão. Houve um leve barulho de impacto com algum objeto na outra sala.

— Ouviu isso? — disse o Homem da Nascar.

O careca mandou que se calasse.

Meu polegar treinado já estava em ação, teclando o número de Mandy. Em questão de segundos, uma certa música sueca começou a tocar na sala ao lado.

Take a chance on me...
— Ele está ali.

Os pés começaram a se mover: as botas de vaqueiro em passos largos e os sapatos sociais em passos lentos e determinados. Contornaram o meteorito gigante e pararam na entrada da sala de pedras preciosas, lado a lado novamente, seguros de que haviam me encurralado.

A música continuava tocando com uma incrível animação escandinava.

— Atenda ao telefone, garoto — disse o Homem da Nascar, rindo. — Queremos conversar com você.

Comecei a rastejar em torno do meteorito e só então percebi que estava com cãibra nas pernas por ter ficado tanto tempo agachado. Que ótimo.

— Ei, estou vendo algo piscando.

— Hunter, pare de desperdiçar nosso tempo.

Saí da sala dando passos largos e silenciosos sobre o piso acarpetado. Eles estavam a pouco mais de três metros de mim, mas virados para o outro lado, tentando enxergar na escuridão. O Homem da Nascar avançou na direção do celular de Mandy.

Parei de observá-los e me concentrei em atravessar o Hall da Biologia e da Evolução Humana. À medida que minhas pernas se recuperavam, passavam seres proto-humanos, retornando ao alegre estado de macacos em árvores. Então as escadas apareceram na minha frente.

Saí correndo para cima sem me preocupar mais com o silêncio. No meio do caminho, uma forma humana surgiu da escuridão, de costas. Não consegui evitar a colisão. Ouvi um palavrão enquanto caíamos juntos no chão.

— O que está...?

Era a mulher de cabelo prateado que eu e Jen tínhamos visto no prédio abandonado. Estava tão próxima que era possível ver seus brincos em forma de foguete brilhando sob a luz de uma placa de saída. Ela havia ficado para vigiar a escada.

Peguei a câmera Pu-Xam e a apontei bem no rosto da mulher, a poucos centímetros do meu braço esticado. Fechei os olhos e disparei o flash.

Enquanto eu me levantava, a luz piscante atravessou o filtro vermelho das minhas pálpebras, forte o bastante para me fazer sentir uma leve amostra do seu efeito desnorteador. A mulher foi atingida em cheio pelo clarão, mas ainda conseguiu esticar a mão e agarrar meu ombro.

Desvencilhei-me. De olhos abertos agora, vi a mulher tentando recuperar a visão, com as mãos parecendo garras sobre a vista.

— Seu doleque mesgraçado! — gritou ela.

Subi o resto das escadas, passei pelos pássaros empalhados e cheguei à corda vermelha. Depois de atravessá-la, encontrei um grupo de mulheres em trajes de gala.

— A festa continua para lá? — perguntou uma das convidadas.

— Continua. Eles estão distribuindo as *melhores* sacolas de brinde lá embaixo. É só virar à direita e descer a escada.

Elas passaram por mim como uma massa impenetrável. Prossegui na direção do Hall dos Mamíferos Africanos ao mesmo tempo em que ligava para Jen.

— Hunter? Você está bem?

— Enganei eles lá embaixo.

— Muito bem.

Sorri para mim mesmo.

— É, acho que me saí muito bem, já que tocou no assunto.

— Sabia que você ficaria bem depois que tirasse aquela franja.

— Isso mesmo, Jen. Era tudo culpa do corte de cabelo.

Ela não entendeu a ironia.

— Obrigada.

— Escute: eles vão aparecer a qualquer momento. Onde você está?

— Indo para a saída. Vamos nos encontrar ao pé da escadaria principal, na rua. Vou tarar um páxi. Quero dizer, parar um táxi.

Fiquei feliz por saber que Jen não era imune ao fenômeno Pu-Xam. Perguntei a mim mesmo se ela teria visitado o planetário ou se a câmera da sacola de brindes havia sido suficiente.

Quando cheguei à parte mais agitada da festa, vi as câmeras sendo disparadas por todo lado. Era como uma tempestade de relâmpagos na estepe africana: luzes espocando a cada segundo, refletindo no vidro que protegia os assustados animais empalhados de uma humanidade bêbada e com roupas exageradas. A bebida derramada deixava o piso grudento; a camada de rum Noble Savage e champanhe reluzia sob os flashes. Todos os pedaços de conversa que eu ouvia tinham palavras trocadas e, por isso, eram incompreensíveis, como se os *hoi aristoi* estivessem criando uma língua própria bem diante de mim. A multidão soava menos humana, soltando grunhidos, gritos e gargalhadas enlouquecidas. Havia gravatas-borboleta espalhadas pelo chão: cinco séculos de tradição pisoteados pelos convidados.

Meu próprio cérebro começou a ceder ao ataque, perdendo gradualmente a sanidade que havia recuperado na escuridão do andar inferior. Segui em frente, abrindo caminho através da turba de pingüins e pingüinetes. Parecia não haver seguranças ou qualquer pessoa capaz de perceber a gravidade da situação. Talvez o efeito Pu-Xam também tivesse desorientado todos os responsáveis pela festa.

Cheguei ao salão principal, onde os esqueletos de dinossauro ainda lutavam pela vida, indiferentes ao caos ao seu redor. Eles já tinham visto coisas piores. Na entrada, havia uma mulher alta, que sorriu e abriu a porta para mim. Devia ter trinta e poucos anos. Elegante e atraente em seu traje preto, era a imagem perfeita da anfitriã orgulhosa do resultado de sua festa.

— Boa noite — disse ela. — E muito obrigada por ter vindo.

— Eu... eu me miverti duito — gaguejei, antes de sair na chuva fina.

As gotas de água clarearam as coisas e, no meio da escada de mármore, meu cérebro conseguiu me informar que ela usava óculos escuros. Ou seja, estava protegida dos flashes. Era da equipe do anticliente.

Virei para trás e vi a mulher me observando. Ela se aproximou, e percebi que não era tão alta quando eu havia pensado. Na verdade, estava de patins. Ela deslizou até o início da escadaria e tirou os óculos escuros.

Uma mulher maravilhosa. Era noite, chovia e tudo estava molhado e brilhante e lindo. Os faróis dos carros que passavam a iluminavam, totalmente confiante sobre os patins, parada de forma graciosa.

— Hunter? — perguntou ela, ainda hesitante.

— *Pare* — murmurei, ao perceber de quem se tratava.

Com seus movimentos fluidos e encanto físico, a mulher tinha saído diretamente do mundo fantástico do material esportivo e das bebidas energéticas. Ela retratava a confiança e a altivez, o poder e a beleza.

Era a mulher negra que faltava no comercial do cliente.

— *Hunter!* — gritou Jen, da rua.

Um sorriso iluminou o rosto da mulher. Fez um gesto com o polegar e o dedo mínimo, aproximando a mão do rosto e moveu os lábios: "Ligue para mim".

Virei para a rua e saí correndo.

CAPÍTULO DEZENOVE

— **ESTÁ TUDO BEM?**
— Você a viu?
— Quem?

Afundei o corpo no banco do táxi, ainda atordoado por tudo que havia acontecido e inseguro em relação a coisas que pareciam claras poucos segundos antes.

— Ela — foi tudo que consegui dizer. Olhei mais uma vez para a mulher no alto da escadaria do museu. Só então percebi que o táxi não se movia e o taxímetro estava parado. — Por que não estamos...?

Olhei para Jen e fiquei perplexo diante da sua transformação. Ela sorriu.

— Gostou do vestido?

Agora lembro que ia até a altura do tornozelo, era vermelho e tinha rendas e drapeados. Tradicional e deslumbrante. Mas, até aquele momento, eu não tinha notado nada.

— Seu cabelo...

Ela coçou a cabeça.

— É, faz um tempo que estava pensando nisso. Verão, sabe como é. — Seu cabelo tinha quase desaparecido. Sobrava pouco mais de um centímetro. — Esse corte me deixa diferente, não é? — Consegui concordar com um gesto. — Meu Deus, Hunter, você nunca viu uma cabeça raspada?

— Ahn, claro que sim — respondi, sorrindo e balançando a cabeça. — Você leva mesmo a sério essa história de disfarce, hein?

Ela deu uma risada.

— Cheguei perto do nosso amigo careca e perguntei onde ficava o banheiro. Ele nem desconfiou.

Lembrando do cara e percebendo que o táxi continuava parado, olhei de novo para a entrada do museu. A mulher ainda estava lá, deslizando de um lado para o outro, movendo-se sem dificuldade sobre a pedra molhada.

— Você viu aquela mulher? De óculos escuros...

— Vi, sim. Tirei uma foto dela. Aliás, de todos os quatro.

— Ah, claro. — Aquela idéia brilhante não havia passado pela minha cabeça, embora eu tivesse conseguido, acidentalmente, um close da Mulher do Futuro. — Não devíamos dar o fora agora?

— Queria que você desse uma olhada numa coisa antes de sairmos daqui.

Ela me mostrou uma das câmeras Pu-Xam.

— Ah, já sei tudo sobre isso.

— Você acha que sabe. Dê só uma olhada.

Jen cobriu o flash com a mão e tirou uma foto. A luz vermelha que passou por entre seus dedos aumentou minha dor de cabeça.

Em seguida, ela esticou o braço, botando uma mão na frente do meu rosto. Sua pulseira Wi-Fi piscava freneticamente. As pequenas luzes agitaram-se por alguns segundos e depois retornaram ao nível normal.

— Não entendi — disse.

— As câmeras estão em rede. Elas têm conexão sem fio.

— O quê?

— Agora podemos ir — disse Jen ao motorista, antes de se acomodar.

Enquanto o táxi se afastava, olhei pelo vidro de trás, mas a mulher tinha sumido da escadaria de mármore. Alguns fumantes fugiam da chuva.

— As câmeras têm cartões para conexão sem fio — explicou Jen. — Quando você tira uma foto, elas a transmitem para algum lugar aqui perto. O responsável pela festa estava recebendo todas as fotos tiradas.

Esfreguei as têmporas.

— Pelo que percebi, não havia nenhum responsável. Aquilo era um caos.

— Um caos muito bem organizado. O rum grátis, os flashes das câmeras.

— O anúncio do Pu-Xam.

— Como assim?

Contei a ela sobre a exibição do comercial no planetário, a sensação estranha e a tela piscante no fim.

— Interessante — comentou Jen, observando a câmera. — Precisamos pesquisar como esta câmera funciona. Quem sabe uma busca no Google por "controle da mente com brindes de festas"?

— É um ponto de partida. Ou talvez "indução visual de... ahn, sei-lá-o-que-fasia". — Levei a mão à cabeça. Por alguma razão, não conseguia lembrar a palavra que significava não conseguir lembrar de palavras. — Minha cabeça está doendo.

— É, a minha também.

Ela passou as mãos na cabeça raspada, e não consegui resistir ao impulso de tocá-la. O cabelo recém-aparado provocava uma sensação gostosa em meus dedos.

— Isso é gostoso — disse ela, de olhos fechados. — Estou zonza. Mais uma luz piscando e vou entrar em coma.

Lembrei da história do desenho japonês.

— Jen, você conhece uma velha história sobre um programa de TV que causou convulsões? Era um desenho japonês ou algo parecido.

— Está brincando, não é? Parece aquele filme idiota em que uma fita de vídeo mata as pessoas.

— É, mas esse filme foi baseado numa lenda urbana. E, na maioria das lendas, há um fundo de verdade.

Ela deu de ombros.

— Podemos pesquisar no Google.

— Na verdade, tenho uma amiga que sabe mais do que o Google, pelo menos no que diz respeito à cultura pop japonesa. — Peguei o celular para ver que horas eram. — Se ela estiver acordada...

Comecei a teclar os números, mas Jen agarrou meu pulso, ainda de olhos fechados.

— Por que você não relaxa um pouco até chegarmos ao centro?

Ela se aproximou de mim, fazendo o vestido farfalhar ao ajeitar as pernas debaixo do tecido vermelho. Os letreiros em néon e as luzes dos postes iluminavam seu rosto enquanto o táxi descia a Broadway.

De cabelos compridos, Jen era bela e atraente. De cabeça raspada, estava linda.

— Tudo bem — respondi.

Meu coração palpitava de um jeito agradável. Ela segurou minha mão.

— Nos saímos bem esta noite. Acho que descobrimos algo a respeito do anticliente.

— Pena que nada do que descobrimos faça sentido.

— Mas vai fazer. — Os olhos de Jen se abriram. Seu rosto estava próximo o bastante para que eu sentisse o cheiro de Noble Savage na sua respiração. — Preciso fazer duas perguntas muito importantes, Hunter.

Engoli em seco.

— Pode fazer.

— A primeira: por que suas mãos estão roxas?

— Ah, é isso? — Olhei para minhas mãos. — Acontece que, além de não ser um xampu, o Pu-Xam é uma tintura que gruda para valer na pele.

— Hum, é uma maldade da parte deles.

As pontas dos dedos de Jen arrastaram-se pela palma da minha mão, provocando um arrepio que percorreu todo meu corpo.

— Qual era a outra pergunta?

— Ahn, é... — Ela mordeu os lábios, e percebi que eu olhava fixamente para sua boca. — Você notou...?

— Notou o quê?

— Você notou que seu paletó está rasgado?

Fiquei paralisado por um segundo e depois segui o olhar de Jen até meu ombro, onde a manga havia se soltado, num rasgo longo e irregular. Lembrei da Mulher do Futuro agarrando meu braço na escada e do puxão violento que dei para me soltar. Senti um frio na barriga.

— Que merda!

Ela sentou direito e me examinou atentamente.

— Bem, pelo menos o resto parece em perfeito estado.

— O paletó custou mil dólares!

— Caramba, é mesmo. Mas... sua gravata-borboleta está muito elegante. Você deu o nó sozinho?

CAPÍTULO VINTE

TINA CATALINA NOS RECEBEU NA PORTA USANDO CALÇA DE moletom e uma blusa de pijama estampada com personagens infantis japoneses: pingüins carrancudos, polvos alegres e uma certa gatinha cujo primeiro nome é uma saudação comum em inglês.

— Corte de cabelo novo, Hunter?

— Observadora, hein? Você lembra da Jen, não lembra?

Ela piscou os olhos, meio sonolenta.

— Ah, claro, da discussão de grupo, ontem. Gostei do que disse, Jen. Foi bem legal.

— Obrigada.

Tina apertou os olhos.

— Mas você não tinha... mais cabelo?

Jen passou os dedos pela cabeça e sorriu.

— Enjoei dele.

— Então resolveu raspar tudo. — Tina deu um passo para trás, observando meu smoking e o enorme vestido de Jen. — E depois vocês foram ao baile de formatura? Isso ainda existe?

— Na verdade, foi uma festa de lançamento. — Apalpei a manga rasgada do meu paletó de mil dólares. — Hoje foi um dia bem longo.

— É o que parece. As mãos roxas são um estilo *neopunk*?

— É, é um estilo *neopunk*.

— Acho que fica bonitinho.

Tina nos levou para a cozinha, um lugar com paredes pintadas de rosa e uma iluminação absurdamente forte. Utensílios com personagens de desenho animado e gatos de boa sorte feitos de porcelana ocupavam todo o balcão. A pequena mesa tinha forma de coração.

Ela bocejou e ligou uma cafeteira com formato de sapo sorridente.

— Acordamos você? — perguntou Jen.

— Não, eu já tinha me levantado. Ia tomar café.

— Você quer dizer jantar.

— Não, café da manhã. Estou em outro fuso horário.

— A Tina é viciada em milhas — expliquei. — Ela vive no horário de Tóquio.

Tina confirmou, sonolenta, enquanto pegava ovos na geladeira. Seu trabalho a obrigava a viajar ao Japão com intervalos de poucas semanas. Por isso, ela trocava constantemente o dia pela noite, entrando ou saindo do fuso horário japonês. Assim, acabou organizando sua vida em função dessas mudanças. A luz que banhava a cozinha vinha de lâmpadas especiais de espectro contínuo, que induziam seu cérebro a achar que o sol estava brilhando. Um gráfico na parede acompanhava as variações no seu ciclo de sono.

Era uma rotina exigente, mas caçar tendências no Japão remunerava muito bem. Tina havia se tornado famosa por ter identificado uma nova espécie de celular, que ainda estava começando a pegar nos Estados Unidos. Parte telefone e parte animal de estimação, o aparelho pedia para ser alimentado (discando-se um número especial), socializado (ligando-se a toda hora para outros donos de animais de estimação) e distraído com jogos simples. Em troca, o celular tocava de vez em quando, transmitindo mensagens carinhosas numa língua semelhante a um miado. Para tornar a brincadeira mais viciante, todos os usuários registrados entravam numa competição mundial permanente, com rankings atualizados a cada minuto. Os mais bem colocados recebiam minutos grátis para manter sua obsessão. O sistema todo havia sido montado por usuários japoneses, mas nos Estados Unidos a iniciativa era das grandes corporações, o que garantia uma comissão a Tina.

Além da compensação financeira, Tina adorava tudo que era bonitinho e tinha olhos grandes, algo em que os japoneses são especialistas.

De repente, a panela de arroz — rosa e em forma de coelho — disse alguma coisa com uma voz aguda. Provavelmente que o arroz estava pronto.

— Estão com fome? — perguntou Tina.

— Comi lá na festa — respondeu Jen.

Eu sabia que o conceito de comida de Tina resumia-se a ervilhas congeladas e bolos de algas marinhas ultra-salgados. Mas estava quase desmaiando:

— Para dizer a verdade, estou faminto.

Ela serviu arroz em duas tigelas.

— Então, o que aconteceu, Hunter-san? Viu algum celular-bicho de estimação na escola?

— Estamos no verão. Aqui nos Estados Unidos não temos aulas durante o verão.

— Ah, é mesmo.

— Você, por acaso, não teve notícias da Mandy, teve?

— Desde ontem? Não, por quê?

— Ela está desaparecida.

Tina largou uma tigela na minha frente e se sentou. Ao olhar para baixo, dei de cara com um ovo cru em cima da porção de arroz.

— Desaparecida?

Ela derramou molho de soja sobre o ovo cru e misturou tudo até obter um mingau marrom. Depois acrescentou flocos de pimenta vermelha. Meu estômago roncou, sem ligar muito para como o resto do meu corpo estava reagindo àquela visão.

— Nós devíamos tê-la encontrado em Chinatown — disse Jen. — Mas só encontramos o celular dela.

— Ah, coitadinho — disse Tina, referindo-se ao telefone.

Sua expressão era de alguém que tinha visto um cachorrinho abandonado na beira da estrada.

— Não conseguimos achá-la, mas várias coisas estranhas aconteceram enquanto tentávamos — expliquei. — E você pode nos ajudar a entender uma delas. Na festa de hoje, havia um anúncio esquisito que nos deixou com dor de cabeça.

— Como é que é?

— É o seguinte: eles estavam divulgando um xampu... que, na verdade, era uma tintura roxa. — Acenei com a mão *neopunk*. — Quero dizer...

— O que ele quer dizer é *isto* — interrompeu Jen, apontando sua câmera Pu-Xam para Tina.

Quase não tive tempo de tapar os olhos. A luz piscante atravessou minhas pálpebras como uma broca.

Quando abri os olhos, Tina estava atordoada.

— Uau. Isso foi esquisito.

— É, todo mundo na festa achou a mesma coisa — disse. — E aquilo me fez lembrar de uma lenda urbana sobre um programa infantil japonês. Causava convulsões nas pessoas ou algo parecido.

— Não é uma lenda — corrigiu Tina, ainda sob efeito do flash. — Foi o episódio 38.

— Vocês que pediram para ver isso — disse Tina. — Então não me culpem se morrerem.

Jen e eu olhamos um para o outro. Tínhamos passado para a sala de estar, onde havia um videocassete e onde eu começava a descobrir que a mistura de arroz, ovo cru e molho de soja era mesmo gostosa. Pelo menos para alguém morrendo de fome. Segundo Tina, as crianças japonesas comiam aquilo no café da manhã, o que, aliás, devia estar acontecendo mais ou menos naquela hora em Tóquio. Talvez fosse um momento paranormal transoceânico.

— Se morrermos? — perguntou Jen.

— Claro que ninguém morreu de verdade. Mas umas seiscentas crianças foram parar no hospital.

— Vendo televisão? — perguntou Jen pela décima vez. — Isso aconteceu mesmo?

— Aconteceu. Dezesseis de dezembro de 1997: uma data que viverá para sempre na infâmia. Vocês tinham de ver o radicalismo das críticas aos desenhos animados japoneses na época.

— E você assistiu ao desenho? — perguntei. — Por livre e espontânea vontade?

— Claro. Eu precisava ver. Dá para entender? Mas acho que estamos seguros. Na realidade, só um em cada vinte espectadores teve reações adversas. E, em sua maioria, crianças. Bem mais novas que vocês. Acho que a idade média era de dez anos.

Aquilo me deixou mais tranqüilo.

— Mas era um programa para crianças — observou Jen.

— Talvez afete todo mundo. Só que havia poucos adultos assistindo.

Aquilo me deixou menos tranqüilo. Queria a proteção da minha franja de volta.

— Os cientistas que estudaram o fenômeno não concordam com você — disse Tina. — Depois que a primeira leva de crianças foi para o hospital, à tarde, o trecho fatal acabou exibido no noticiário da noite.

— Eles transmitiram *duas vezes*? — perguntou Jen.

— Qualquer coisa pela audiência. Mas o que quero dizer é que pessoas de todas as idades assistem ao noticiário. E mesmo assim foram as crianças que passaram mal. Na maioria dos casos, pelo menos. Eles acreditam que isso acontece porque seu cérebro e sistema nervoso ainda estão em desenvolvimento.

— Só que não havia nenhuma criança na festa da *Hoi Aristoi* — disse Jen. — E ninguém teve uma convulsão propriamente dita. As pessoas só falavam de um jeito engraçado e depois se comportavam como loucas.

— Hum. Parece que é uma coisa totalmente nova: uma seqüência planejada de *paka-paka*.

— Uma o quê?

— Os animadores japoneses adoram usar luzes piscando — explicou Tina. — E têm até uma expressão para isso: *paka-paka*. O que ocorreu no episódio 38 foi um acidente: eles escolheram a velocidade exata das luzes necessária para mandar as crianças para o hospital. O problema é que não era esse o objetivo.

— Se o *paka-paka* estava sendo usado intencionalmente na festa, talvez tenham começado a testar a técnica há algum tempo. E acabaram descobrindo como fazê-la funcionar em pessoas mais velhas — observou Jen.

— E em todo mundo, em vez de uma em cada dez pessoas? Tina não sabia se concordava.

— É uma possibilidade adorável — comentei.

— E então? O que tudo isso tem a ver com a Mandy? — perguntou Tina.

Jen e eu trocamos olhares de novo.

— Não sabemos — respondi.

— As pessoas que *sabem* são as mesmas que nos convidaram para a festa — acrescentou Jen. — Mas não temos idéia de quais sejam suas intenções, além de brincar com a cabeça das pessoas.

Tina levantou o controle remoto.

— Bem, o episódio 38 se encaixa nessa categoria. Vocês querem ver ou não?

Jen fez que sim.

— Estou louca para ver.

— Boa escolha de palavras — murmurei.

Tina ligou a TV.

— Não sentem muito perto. Supostamente a reação é pior quanto mais perto se estiver.

Peguei minha gororoba de arroz e corri de volta para o sofá. Jen permaneceu onde estava, pronta para encarar a viagem. Como já expliquei, os Inovadores não costumam ter o gene responsável pela percepção de risco.

Por outro lado, podia ser apenas incredulidade. Era difícil aceitar que a televisão pudesse causar um mal físico. Equivalia a descobrir que sua antiga babá era uma assassina em série.

— Bem, este é o episódio 38, também conhecido como *O soldado elétrico Porygon*.

A tela ganhou vida. As imagens tinham a qualidade esperada numa cópia da cópia de uma cópia pirata. Torci para que a baixa resolução elevasse nosso nível de proteção.

Apareceu um aviso em inglês:

Alerta: NÃO é recomendado para crianças.

Pode provocar convulsões.

Recuei o máximo que pude.

O desenho começou no típico estilo japonês: um bando de personagens de voz estridente gritando. O desenho, muito conhecido, reunia monstros que se tornaram muito populares em brinquedos e figurinhas. Nenhuma imagem durava mais do que meio segundo.

— Já estou em convulsão — disse, tentando superar o barulho.

Tina avançou a fita, o que não ajudou muito.

Depois de alguns minutos em alta velocidade, ela restabeleceu a exibição normal.

— Certo. A história até aqui é a seguinte: Pikachu, Ash e Misty estão dentro de um computador. Um antivírus vai tentar apagá-los disparando mísseis.

— Os antivírus costumam usar mísseis? — perguntou Jen.

— É um recurso metafórico.

— Ah. Como em *Tron*, mas depois de uma quantidade excessiva de café. (Foi uma bela comparação. Por isso, permitirei a citação.)

No meio do frenesi de imagens, percebi alguns mísseis sendo disparados. Depois Pikachu, o personagem parecido com um rato amarelo, que é o protagonista da série, projetou-se na tela para dar um grito de guerra agudo e soltar um raio.

— Lá vamos nós — disse Tina.

Mantive os olhos meio fechados e torci para que Jen também estivesse assustada. Quando o raio lançado por Pikachu atingiu os mísseis, a tela começou a piscar em vermelho e azul, refletindo nas paredes brancas do apartamento durante seis longos segundos. E depois acabou.

Só uma leve dor de cabeça e nada mais. Respirei aliviado.

— Eram as mesmas cores do anúncio do Pu-Xam — comentei.

— O vermelho causa a reação mais forte — explicou Tina.

— Mas não chegou perto da intensidade da festa. Você achou a sensação parecida, Jen? — Ela não respondeu. Seus olhos verdes continuavam fixos nas imagens frenéticas do desenho. Estaria interessada pela *história*? — Jen?

Ela caiu para frente e, em seguida, rolou para o lado.

Suas pálpebras tremiam.

CAPÍTULO VINTE E UM

— **JEN!**

Pulei do sofá, espalhando porções de arroz grudento pela sala.

— Caramba. Funcionou! Nunca pensei que pudesse funcionar de verdade! — disse Tina.

Os olhos de Jen estavam fechados, mas as pálpebras tremiam como as de uma pessoa tendo um sonho frenético. Amparei sua cabeça entre minhas mãos.

— Jen? Está me ouvindo?

Ela gemeu. Suas mãos procuraram meus braços e o seguraram levemente. A boca se mexeu e então me curvei mais para perto.

— Sou uma criança aponesa de dez janos — disse ela.

— Ahm?

— Uma criança japonesa de dez anos. — Seus olhos se abriram, e ela piscou. — Oi, Hunter. Uau. Isso foi maneiro.

— Isso não foi *nada* maneiro!

Jen deu uma risadinha.

— Devo ligar para a emergência? — perguntou Tina, segurando seu telefone-bicho de estimação.

Mesmo em meio ao nervosismo da situação, percebi que havia orelhas de plástico rosa presas à antena.

— Não, estou bem — disse Jen.

Ela se apoiou nos meus braços até conseguir se sentar. A forma como agarrava meus ombros mostrava que estava fraca e trêmula.

— Tem certeza?

— Tenho. Na verdade, estou me sentindo ótima. — O volume de sua voz baixou até se tornar um sussurro. — Agora entendi. Sei o que está acontecendo.

— Sabe?

— Por favor, me leve para casa. Explico quando chegarmos.

Tina estava assustada. Com o choque, tinha voltado ao fuso horário de Tóquio e não conseguiria dormir tão cedo. Ela e Jen se desculparam mutuamente umas quatro ou cinco vezes ("Me desculpe por ter provocado uma convulsão em você!", "Me desculpe por ter babado no seu carpete!"). Depois disso, fomos embora.

Andamos até a casa de Jen. Eu sentia o peso do seu corpo, e a noite parecia bem real e concreta. Após uma noite de flashes causadores de ataques epilépticos, a lenta passagem de faróis de carros e o piscar cadenciado dos sinais pareciam tão grandiosos quanto um pôr-do-sol.

— Estou me sentindo uma idiota.

— Não seja boba. Poderia ter acontecido a qualquer um.

— Ah, é? Não vi você babando e tendo espasmos.

— Mas eu não estava tão perto quanto você. E fiquei de olhos meio fechados.

— Trapaceiro.

Lembrei que, na verdade, eu tinha desviado o olhar bem no momento do *paka-paka*.

— De qualquer maneira, talvez isso seja bom — comentei.

— Talvez o que seja bom?

— Ser uma aponesa de dez janos. Lembre-se do que Tina disse: o efeito é mais intenso em pessoas que ainda não têm o cérebro plenamente desenvolvido.

— Ah, obrigada.

— O que estou tentando dizer é que talvez isso explique sua condição de Inovadora. Você não vê as coisas do mesmo modo que as outras pessoas. É como uma criança. Renova o cérebro o tempo todo. Por isso, o *paka-paka* tem mais chance de funcionar com você.

Parada diante de seu prédio, ela se virou para mim, com um grande sorriso nos lábios.

— Foi a coisa mais legal que alguém já disse para mim.

— Bem, eu só...

Ela me beijou.

Suas mãos, subitamente revigoradas, apertaram meus ombros. Seus lábios tocaram os meus com firmeza. Sua língua passou por entre meus dentes antes de ela se afastar. Os faróis nos iluminavam. Ela virou a cabeça, como se, de repente, se sentisse envergonhada. Mas o sorriso permanecia na sua boca.

— Lembre-me de dizer isso outras vezes.

— Pode deixar.

Suas mãos se juntaram às minhas costas e me puxaram mais para perto.

Depois de mais um tempo, entramos.

Quando Jen abriu a porta do apartamento, demos de cara com sua irmã sentada à mesa da cozinha, sacudindo uma peneira que soltava nuvens brancas. Estava de cabelo preso e vestia um moletom de Yale com as mangas arregaçadas e calça de corrida. Os braços estavam brancos até os cotovelos. Ao ver seu rosto, percebi que nossa aparência refinada despertava um pequeno incômodo, provavelmente o de uma irmã mais velha que trabalha o dia inteiro e vive com uma irmã mais nova que não trabalha nunca.

— Oi, Emily.

— Deixei você pegar meu vestido emprestado?

Jen suspirou, e sua mão se soltou da minha.

— Não. Foi por isso que escrevi aquele bilhete.

— Você está bem, Jen? Parece acabada.

— A noite foi longa. Mas obrigada por ter notado.

Emily mordeu os lábios, enquanto observava minha manga rasgada e o corte de cabelo de Jen.

— Raspou a cabeça de novo, hein. Onde vocês foram, afinal de contas?

— A uma festa de lançamento.

— Você está bêbada?

— Não, só cansada. Hunter, esta é Emily, minha *mãe*.

— Mãe substituta. Prazer em conhecê-lo, Hunter.

— Oi.

Jen foi me arrastando para seu quarto.

— Depois nos falamos, Emily.

Emily me lançou um olhar desconfiado.

— Não esqueça de se despedir quando for embora, Hunter.

— Não ligue para minha irmã — disse Jen. — Ela odeia quando pego suas roupas emprestadas. E costumo fazer isso com freqüência.

Olhei para a porta, na expectativa de vê-la se abrindo a qualquer momento. Podia sentir Emily contando os segundos que passávamos no quarto de Jen. Queria saber quais eram as regras da casa. Meu coração continuava batendo acelerado por causa do beijo lá na rua.

Jen notou meu olhar.

— Não se preocupe. Vou explicar tudo a Emily amanhã.

— Explicar o quê? Que você precisou do vestido de noite dela para resolver um caso de seqüestro?

— Hum. Talvez seja melhor lhe dar uma fôrma de bolo ou algum outro presente.

— Ela já tem isso.

Minha cabeça girava, tomada pelo cansaço. Jen suspirou.

— Emily não se sente muito bem com minha presença aqui. Não que se importe em morar comigo, mas fica incomodada com o fato de eu ter voltado para a cidade grande aos 16 anos. Ela só conseguiu este lugar aos 18. Por isso, acha que sou a menina mimada da família. — Fiz uma careta. — É tão óbvio assim? — perguntou ela.

Nem me dei o trabalho de responder. Qualquer pessoa que corresse riscos como Jen só podia ser mimada. Nos últimos 17 anos, alguém tinha se cansado muito pondo-a de volta no cavalo, depois de repetidas quedas. Provavelmente uma certa irmã mais velha.

Olhei para a porta de novo.

— Talvez seja melhor eu ir embora.

— Acho que sim. — Ela se esparramou na cama. — Mas antes quero contar sobre minha visão. Quando estava retardada.

— Você não viu Deus, viu?

— Não, vi o Pikachu. Mas me dei conta de uma coisa. Descobri a peça óbvia que está faltando no meio de todas essas pistas.

— E qual seria?

— Quem quer que seja o anticliente, ele entende de muitas coisas. Mas é um tipo específico de coisa: Internet sem fio, animação japonesa, festas de lançamento, tênis bacanas, revistas da moda e imagem corporativa.

— É, essa é uma descrição resumida do anticliente.

— E isso parece com quem?

Fiquei quieto por um instante, forçando meu cérebro a superar o cansaço e a dor de cabeça causada pelo *paka-paka*. Era preciso juntar as peças. A tecnologia de ponta, os tênis mais maneiros da história, a festa com as melhores sacolas de brinde, os efeitos secretos para controle da mente na cultura pop japonesa.

De repente me veio como um raio. Não numa seqüência de cores primárias causadoras de ataques epilépticos, mas na boa e velha luz monocromática do raciocínio ordinário do cérebro do Hunter.

— Parece com um de nós.

— Isso, Hunter. Isso parece coisa *sua*. Sua e dos seus amigos antenados. Tudo reunido em algum tipo de projeto perverso de marketing.

— Você está querendo dizer que...?

— Estou. Em algum lugar desta cidade há um Caçador de Tendências que ficou maluco. — Ela pegou minha mão. — E temos a obrigação de detê-lo. Ou então o mundo já era.

— Ahn?

— Desculpe, mas eu *tinha* de dizer isso. — Ela deu um sorriso largo. — Sou impossível.

Logo depois, suspirou, fechou os olhos e deitou a cabeça no travesseiro. Num instante estava dormindo profundamente. Uma princesa saída de um conto de fadas alternativo em seu vestido vermelho e de cabeça raspada.

Observei sua respiração constante por um tempo para ter certeza de que não haveria tremores epilépticos em seus olhos ou mãos. Ela, porém, dormia tranqüilamente como uma menina de dez anos completamente exausta. Beijei sua testa, demorando um pouco para poder sentir o perfume de baunilha vindo de seu cabelo.

Levantei meio trêmulo e fui até a cozinha. Emily ainda peneirava farinha, sentada à mesa.

— Acho que vou para casa. Prazer em conhecê-la, Emily.

Ela interrompeu o trabalho e deu um suspiro.

— Desculpe se fui grosseira agora há pouco, Hunter. É que às vezes me canso de fazer papel de mãe.

Tive uma idéia vaga de como era ter uma Inovadora na família: a irmã mais nova sempre agindo como uma maluca, recebendo toda a atenção (negativa e positiva), pegando brinquedos escondida e os remontando das mais variadas formas. Depois passando para as roupas e, finalmente, tornando-se muito mais legal do que a irmã mais velha. Percebi que aquilo poderia incomodar um pouco.

Meu relacionamento com Jen tinha me custado, até ali, uma média de quase mil dólares por dia. Por isso, minha expressão foi de compreensão.

— Tudo bem.

Emily olhou para a porta fechada do quarto da irmã.

— Ela está bem?

— Só um pouco cansada. Foi uma festa meio maluca.

— Deu para perceber.

Seus olhos fixaram-se nas minhas mãos roxas, mas ela não disse nada. Enfiei-as nos bolsos.

— É, uma loucura. Mas Jen está bem. Ou estará amanhã.

— Espero que sim, Hunter. Boa noite.

— Boa noite. Prazer em conhecê-la.

— Você já disse isso.

No caminho para casa, senti uma última explosão de energia. Meus lábios ainda estavam agitados por causa do beijo, das doses grátis de Noble Savage e de uma simples conclusão: mesmo com as mãos roxas, o anticliente e a irmã mais velha, eu veria Jen de novo no dia seguinte. Ela gostava de mim. *Gostava* de mim.

Eu tinha até recuperado o celular. Porém, ao lembrar daquilo, também lembrei do último gesto da mulher na escadaria do museu. Seus sinais haviam sido claros: "Ligue para mim."

E como ela esperava que eu ligasse sem um número? Peguei o telefone no bolso.

Lembrei que o homem careca tinha ligado para o meu telefone na sala dos meteoritos e verifiquei as chamadas não-atendidas. A ligação estava listada, com o horário, mas o número era restrito.

Talvez tivessem colocado alguma coisa na memória no tempo em que ficaram com o aparelho. Passei por vários nomes familiares, à procura de algo diferente.

Parei ao chegar ao número de Mandy. Era óbvio. Estavam com o celular dela. Se eu quisesse encontrá-los, para descobrir o paradeiro de Mandy, uma das opções era fazer uma ligação.

Meu polegar passeou por cima do botão. Mas estava muito cansado. Sentia-me como um chiclete completamente esticado entre os dentes e a ponta dos dedos. A simples idéia de mais um encontro com o anticliente quase me causava uma convulsão.

Então, pela vigésima vez naquele dia, segui a orientação de Jen. Fui para casa, para minha cama.

CAPÍTULO VINTE E DOIS

— JÁ LAVOU AS MÃOS?

— Já, já lavei as mãos. (Por dez minutos. E elas continuavam roxas.)

— Que bom... Meu Deus, Hunter, o que houve com seu cabelo?!

Eu e minha mãe trocamos sorrisos enquanto o gráfico assustador daquela manhã escorregava das mãos do meu pai.

— Ah, resolvi dar uma mudada no visual.

Ele tentou se recompor.

— Bem, acho que você conseguiu, sem dúvida.

— Você não viu nada. Ontem à noite, ele estava de smoking e gravata-borboleta — disse minha mãe, antes de acrescentar com um sussurro que pude ouvir perfeitamente: — É aquela garota nova.

Papai fechou a boca e balançou a cabeça com a expressão insuportável que os pais fazem quando acham que sabem de tudo. Ainda bem que ele não sabia.

— Pensei que tivessem se conhecido só há dois dias.

— Dois dias? — perguntei. Mas ele estava certo: eu havia conhecido Jen menos de 48 horas antes. Um fato preocupante.

— Ela é do tipo que causa impacto imediato — admiti.

— Suas mãos estão roxas? — perguntou ele, enquanto eu botava café na xícara.

— É um estilo *neopunk*. E a tintura mata as bactérias.

— Esses garotos... — comentou mamãe. — Então, o que vocês dois fizeram ontem à noite? Não chegou a me contar.

— Fomos ao lançamento de uma revista e depois, ahm, fomos assistir a alguns vídeos na casa da Tina.

— E ao que assistiram?

— *O soldado elétrico Porygon.*

Dei um gole no primeiro café do dia.

— É com o Kevin Bacon?

— Claro, mamãe. Não, não é não. É uma animação japonesa — expliquei, antes de citar o nome da série.

— Não são aqueles desenhos que provocam ataques epilépticos? — perguntou papai.

De um modo constrangedor, ele ficava observando meu cabelo tingido, em vez de olhar para o meu rosto. Não consegui esconder a surpresa diante de sua pergunta.

— Como você sabe disso? Epilepsia é algo contagioso?

— De certa forma, é. A maioria das reações neste caso é sociogênica.

Certo. Se existe algo mais lamentável do que ouvir seu pai mencionar a palavra *sociogênica* no café da manhã, é saber exatamente o que ele quer dizer.

Papai costuma contar a seguinte história:

Havia uma fábrica de roupas na Carolina do Sul em 1962. Numa sexta-feira, uma das empregadas ficou doente, alegando ter sido picada por insetos enquanto manuseava tecidos provenientes da Inglaterra. Duas outras funcionárias foram hospitalizadas pouco depois com quadros de desmaios e urticárias. Na quarta-feira seguinte, a situação se transformou numa epidemia. Sessenta empregadas do turno da manhã ficaram doentes, e o governo federal enviou uma equipe de médicos e especialistas em insetos. Descobriram o seguinte:

1. Não havia insetos nocivos, vindos da Inglaterra ou de qualquer outro lugar.

2. Os diversos sintomas das funcionárias não correspondiam aos de qualquer doença conhecida.

3. A doença não tinha afetado todas as funcionárias do turno da manhã, só aquelas que se conheciam pessoalmente. A disseminação ocorria entre grupos sociais e não entre as pessoas que haviam manuseado o tecido suspeito.

Parecia uma fraude, mas as vítimas não estavam fingindo. A doença era sociogênica, resultado de um estado de pânico. À medida que os rumores sobre a doença se espalhavam, as pessoas achavam que tinham sido picadas por insetos; poucas horas depois apresentavam os sintomas. E funciona mesmo. Imaginem: insetos nas suas pernas... insetos nas suas costas... insetos rastejando no seu cabelo... insetos, insetos, insetos. Já está dando para sentir os insetos?

Acho que vocês estão sentindo (ou estarão num minuto). Vão em frente, podem coçar.

O contágio na Carolina do Sul tinha acontecido do jeito que acontece com o bocejo: mentalmente.

Como eles acabaram com a epidemia? Simples. Fumigaram a fábrica inteira, espalhando nuvens de veneno bem na frente de todo mundo. Veneno de verdade. Se alguém *acredi-*

ta que os insetos imaginários estão mortos, eles param de picar. É como acreditar na fada Sininho... só que, no caso, eram insetos.

E assim a epidemia chegou ao fim.

— Está dizendo que as convulsões não foram realmente ataques epilépticos?

— A maioria, não. Apenas algumas no começo — disse ele. — Pelo que li, o número de crianças que chegou aos hospitais no início era bem pequeno. Porém, depois que as convulsões foram noticiadas, os números dispararam. Pais entraram em pânico e deixaram os filhos aterrorizados. No dia seguinte, as crianças foram à escola e, obviamente, conversaram sobre o assunto no recreio. A maioria das vítimas apareceu no hospital na noite *seguinte* à transmissão do desenho. Acho que só queriam entrar na onda.

— Isso faz sentido — comentei, lembrando da festa.

Talvez Tina estivesse errada e o anticliente não houvesse aperfeiçoado o *paka-paka* para funcionar em todo o mundo. Não era necessário. As pequenas convulsões se espalharam como insetos imaginários, passando de uma mente à outra. O anúncio do Pu-Xam tinha mostrado atores confusos e sem palavras — uma sugestão hipnótica para que o público agisse do mesmo modo. (O que, aliás, é a essência dos anúncios: convencer o espectador a agir de determinado modo.) Talvez poucas pessoas tivessem reagido às luzes. Depois, como Criadores de Moda espalhando um modismo passageiro, estas teriam levado todos os outros convidados da festa a seguir o caminho da confusão.

Basta que os cérebros de alguns de nós estejam expostos a uma reprogramação; o resto apenas seguirá o exemplo.

— Isso acontece muito em epidemias — disse meu pai.
— Principalmente quando há crianças envolvidas.
— Então, Hunter, há uma epidemia de crianças tingindo as mãos de roxo? — perguntou mamãe.
— Não, somos só eu e o Kevin Bacon.
— Sério? Ele não me parece muito "punk".

Foi isso mesmo. Ela disse "punk" entre aspas.

Fui salvo do café-da-manhã por uma ligação de Cassandra, a colega de quarto ou namorada de Mandy.

— Cassandra! Tem alguma notícia de Mandy?
— Tenho, Hunter. Ela ligou bem tarde ontem à noite. Parece que teve de sair da cidade às pressas.
— *Ela* ligou? Do próprio celular?
— É. Por que não ligaria?
— Ahn, como ela... quero dizer, ela pareceu bem?
— Na verdade, pareceu um pouco estressada, mas quem não ficaria assim, não é? Ela nem teve tempo de arrumar as malas. Mandaram até um portador buscar as coisas dela. Depois de ver sua mensagem, decidi ligar e lhe contar. Mandy disse que o celular dela nem sempre funciona por lá.
— Por lá onde?
— Acho que algum lugar em Nova Jersey.

Comecei a batucar com os dedos, pensando se devia dizer algo, mas isso poderia deixar Cassandra assustada. Resolvi não espalhar meus insetos — que talvez fossem imaginários — sem necessidade.

— Ela disse quanto tempo ficaria fora?

— Não exatamente. Só pediu para eu mandar roupas suficientes para alguns dias. Você pode tentar ligar para ela.

Mordi os lábios. Era exatamente o que eles queriam.

Jen me encontrou no lugar com sofás antigos e café forte. Parecia bem melhor depois de uma noite de sono pós-convulsão. Na verdade, estava linda. Seu cabelo raspado me surpreendeu novamente; depois de uma noite, meu cérebro tinha retornado à sua imagem arquivada, de cabelos longos. Ela parou um instante na porta, com sua pulseira piscante, mas logo abriu um sorriso ao me localizar no mesmo sofá da outra vez.

Fiquei de pé enquanto ela atravessava o ambiente. Num instante seus braços estavam em volta do meu corpo.

— Oi, Hunter. Foi mal eu ter apagado ontem com você lá em casa.

— Tudo bem.

Apontei um lugar para ela e fui pegar um café. Fiquei olhando para trás, enquanto esperava a atendente servir a bebida, só para ter certeza de que Jen ainda estava lá, sorrindo para mim, como se dissesse "É verdade, beijei você ontem à noite".

Os cafés ficaram prontos e os levei até o sofá.

Depois que contei a Jen sobre a ligação de Cassandra, concordamos que aquilo não trazia nenhuma informação nova. Significava apenas que, de alguma forma, o anticliente tinha convencido Mandy a esconder seus rastros e que os policiais não nos ajudariam tão cedo.

— Tenho uma teoria — disse Jen.

— Outra visão?

Ela fez um gesto negativo, brincando com sua pulseira Wi-Fi, que piscava sem parar em meio ao intenso tráfego sem fio do café. Ao nosso redor, pessoas deletavam *Spams*, baixavam músicas e pediam ao sistema de comunicação mais poderoso do mundo que as ajudasse a encontrar fotos de jogadoras de tênis louras.

— Não, desta vez foi um processo mental normal. E um pouco de habilidade manual. Hoje de manhã desmontei minha câmera Pu-Xam. Eu estava certa. Quando você tira uma foto, a máquina envia uma cópia da imagem para o roteador Wi-Fi mais próximo.

— Para quê?

Ela chegou mais perto de mim, como se houvesse uma escuta no sofá.

— Pense bem. Esse pessoal teve muito trabalho para preparar o evento ontem à noite, não teve? Gastaram muito dinheiro.

— Verdade. Criaram uma marca de xampu, filmaram um anúncio, liberaram dinheiro para serem co-patrocinadores da festa. Podem ter gastado um milhão facilmente.

— E o mais impressionante: distribuíram umas quinhentas câmeras digitais com conectividade Wi-Fi. Tudo isso para conseguir um monte de fotos de pessoas ricas se comportando mal.

Lembrei dos flashes vindo de todas as direções à medida que o caos se instalava na festa. Quanto mais as câmeras disparavam o *paka-paka*, pior se tornava o comportamento das pessoas, o que incentivava mais fotos e assim por diante.

— É, acho que eles devem estar com milhares de fotos — concordei.

— O que sugere que um dos motivos pode ser chantagem — disse ela.

— Não tenho tanta certeza assim. — Recostei-me no aconchego do sofá. — Tudo bem. Todo mundo ficou atordoado e agiu como idiota. Mas isso não é ilegal. Quem pagaria alguma coisa para encobrir que um cara de vinte anos ficou bêbado e se comportou como um imbecil numa festa?

— Um político? Talvez o filho ou a filha de alguém importante estivesse lá.

— É um alvo insignificante. O anticliente pensa grande. Sinceramente, não acho que estejam nessa jogada para ganhar dinheiro.

— Lexa não disse que há muito dinheiro envolvido em criar produtos considerados legais?

— Há mesmo. Mas isso não quer dizer que o anticliente considere legal ter dinheiro.

Por um breve instante, Jen tentou entender o que eu disse. Depois se encostou no sofá e soltou um suspiro.

— Então, o que você acha, Hunter?

Eu ainda via a mulher balbuciando as palavras "Ligue para mim". Teria de fazer aquilo mais cedo ou mais tarde, mas queria obter mais informações antes.

— Acho que precisamos descobrir quem ela é.

— A mulher de patins? — Jen botou a mão no bolso de trás e pegou quatro fotos: o Homem da Nascar, o careca, a Mulher do Futuro e a mulher negra que faltava, todos usando óculos escuros para se protegerem dos flashes das câmeras Pu-Xam. — Naquela confusão, foi fácil tirar estas fotos.

— Ainda bem que você fez isso. — Mesmo com a foto meio fora de foco dava para ver perfeitamente. — É ela que precisamos encontrar.

— Por que ela?

— Meu trabalho é descobrir de onde vêm as novas tendências, Jen. Sei quem é o líder e quem são os seguidores, onde a moda começa e como se espalha. Na primeira vez que vi você, tive *certeza* de que esses laços eram criação própria.

Jen olhou para seus pés e reconheceu que era verdade.

Observei a foto mais um pouco. Aquela mulher vivia efetivamente no mundo de fantasia do cliente, um lugar em que os tênis podiam voar, os movimentos eram magnéticos e ela era puro carisma sobre patins.

— Acredite em mim — continuei. — Não estamos atrás de um Caçador de Tendências excêntrico e solitário. É um movimento. E ela é a Inovadora.

CAPÍTULO VINTE E TRÊS

O MUNDO É PEQUENO. OS CIENTISTAS JÁ PROVARAM.
Em 1967, um pesquisador chamado Stanley Milgram pediu a algumas centenas de pessoas no Kansas que tentassem entregar pacotes a um pequeno número de "alvos": estranhos aleatoriamente escolhidos em Boston. Os moradores de Kansas poderiam enviar os pacotes a conhecidos, que por sua vez os passariam a *seus* conhecidos, até que se revelasse uma cadeia de amigos entre Kansas e Boston.

Os pacotes chegaram aos alvos muito mais rapidamente do que se poderia prever. A média de conexões entre os participantes e seus alvos foi de 5,6. O resultado ficou imortalizado pela expressão "seis graus de separação". (Ou seis graus do ator favorito da minha mãe.) No nosso pequeno mundo (ou país, para ser mais preciso), qualquer um está a apenas seis apertos de mão do amor de sua vida ou da celebridade que mais odeia.

Bem, se o mundo é tão pequeno, o mundo da busca por tendências é *minúsculo*. Partindo do princípio de que nossas conclusões sobre o *paka-paka* estavam corretas e que, portanto, o anticliente era um grupo de Caçadores de Tendências, eu duvidava que houvesse mais do que dois ou três apertos de mão entre nós e a mulher negra que faltava.

A questão era como achar as mãos certas.

Antes precisamos dar uma passada na lavanderia.

Deixamos a camisa, as calças e a gravata-borboleta para que estivessem impecáveis na hora de devolvê-las à loja e recuperar parte do meu dinheiro. Assisti ao homem da loja cortando as etiquetas plásticas.

— Você usa essas roupas?

— Uso.

Corte.

— Com as etiquetas?

— Isso.

Corte, corte.

— Devia tirar as etiquetas.

— Sei.

Corte, corte, corte, pausa.

— Suas mãos estão roxas?

— Estão.

— Você pode consertar este paletó? — perguntou Jen, interrompendo nossa conversa profunda.

O homem passou um longo tempo balançando a cabeça e fazendo expressões de lamento. Aproveitei a chance para recolher as etiquetas com minhas mãos roxas e guardá-las no bolso por medida de segurança.

— Não, não dá para consertar.

Ela guardou o paletó na bolsa, arrumando-o com cuidado por razões meramente simbólicas. Uma espécie de respeito pelos mortos.

— Não se preocupe, Hunter. Vou ver o que posso fazer.
O homem olhou para Jen e balançou a cabeça de novo.

O Central Park, como o resto de Nova York, é parte de um padrão quadriculado.

Em outras cidades, os parques têm formatos diversos: bolhas, triângulos, curvas à margem de rios. O Central Park, porém, é um retângulo perfeito, bem no meio da irregular ilha de Manhattan, como uma etiqueta num pedaço embalado de carne.

Na parte de baixo da etiqueta, onde ficam as letras miúdas, um grupo muito legal se reúne todo sábado à tarde. Andam de patins ao som de música, deslizando em círculos em torno de um DJ que toca *dance music* antiga sem ironia.

Tecnicamente, nem fazem parte da pirâmide. São Retardatários. Pessoas que pararam no tempo, como os caras que usam camiseta do Kiss. Mas muito mais bacanas. Eles surgiram nos primeiros anos da Lei dos Deficientes Físicos, quando o governo tornou obrigatória a presença de rampas em todas as calçadas e prédios do país, criando inesperadamente a cultura moderna dos skates, patins e motonetas.

Isso aconteceu muito tempo atrás. Eles são tão antigos, tão ontem, que se tornam vanguardistas.

E todo sábado Hiro Wakata, Senhor de Todas as Coisas Sobre Rodas, aparece no Central Park, praticando giros duplos invertidos e caçando tendências como um louco.

Normalmente mantenho uma distância respeitosa de seu ritual, para não invadir o território de um colega. Por isso, fazia meses que eu não aparecia (só para ver, já que botar rodas nos pés me deixa bem menos interessante). Mas, pela lógica, Hiro era o primeiro aperto de mão na procura pelo anticliente. Perto dos trinta anos, estava ficando meio velho para ser Caçador de Tendências, conhecia todo mundo e andava de patins desde que tinha deixado de engatinhar.

Era fácil achá-lo entre os cerca de cinqüenta patinadores que giravam ao redor do DJ. Ele usava um moletom branco sem manga e com capuz. Deslizava rapidamente bem perto da linha irregular formada pelos espectadores. Havia se tornado famoso pelo estilo no *half-pipe* desde criança, portanto, patinar era uma espécie de segunda língua. E ele a dominava com perfeição. (Também era fluente em motocicletas, motonetas elétricas e carrinhos de rolimã.)

Acenei quando Hiro passou como um raio. Na volta seguinte, ele saiu do círculo, espalhando as pedrinhas do chão numa manobra radical para chegar à parte suja do asfalto. Parou na nossa frente como se fosse um jogador de hóquei.

— E aí, Hunter. Cabelo novo?

— É, tenho andado disfarçado.

— Maneiro. Também gostei das mãos. — Ele deu um rodopio para ficar de frente para Jen, em vez de simplesmente virar a cabeça alguns centímetros. A vida sobre rodas o deixara viciado em giros freqüentes. — Jen, acertei? Gostei do que disse na reunião daquele dia. Bem legal.

Percebi que ela estava se controlando. Acho que, para um grupo de Criadores de Moda, nossa previsibilidade a incomodava.

— Obrigada.

— Mandy ficou muito irritada. Haha! Você patina?

— Não bem o suficiente para andar com vocês — respondeu Jen.

O casal que passava à nossa frente — ela de costas, ele de frente — deu um 360 se abaixando e se levantando sem soltar as mãos por um instante. Jen e eu assobiamos juntos.

— Bobagem. Pode aparecer quando quiser. — Hiro deu um 350 para ficar de frente para mim de novo. — E aí? O que aconteceu?

— Estava pensando se você poderia me ajudar a achar uma pessoa, Hiro. Ela é patinadora.

Ele girou lentamente, como um rei orgulhoso contemplando seu reino.

— Vocês vieram ao lugar certo.

Jen mostrou-lhe a foto.

— É esta mulher aqui.

Hiro observou a imagem por um instante e, subitamente sério, fez um sinal de que a tinha reconhecido.

— Caramba, ela não mudou quase nada. Não a vejo há muito tempo. Desde a dissidência.

— Dissidência?

— É. Foi há uns dez anos. Eu era moleque naquela época, e a polícia vivia atrás de nós. — Ele apontou para o DJ, cercado por três pilhas de alto-falantes, dois toca-discos e um potente gerador. — Naquela época o sonzinho da Wick ficava em cima de um caixote, bem ali, e estávamos sempre prontos para fugir. Ela foi uma fundadora. Começou o clube com 13 anos.

Respirei profundamente, satisfeito por estar certo: ela era mesmo uma Inovadora.

— O nome dela é Wick? — perguntou Jen.

— É um apelido. O nome de verdade é Mwadi Wickersham. Não me soou familiar.

— Quer dizer que ela não vem mais aqui?

— Como eu ia dizendo, ela saiu quando a maioria do grupo principal assinou contrato com a...

Ele citou uma certa fabricante envolvida na revolução dos patins *in-line*.

— Ela não queria estar presa a grandes empresas — opinou Jen.

— Ela nunca falou sobre isso. Na minha época de *half-pipe*, eu andava coberto de logotipos, e ela nunca se incomodou. A separação não foi por causa do patrocínio, foi por causa da mudança para o *in-line*. — Ele levantou um pé, mostrando as quatro rodas alinhadas do seu patim. — Mwadi só queria saber de patins tradicionais, como todos os fundadores. Ficamos firmes até o início da década de 1990, quando todo o mundo já tinha mudado. Era dois-por-dois ou a morte, sabem como é?

Os olhos de Jen estavam arregalados.

— Está dizendo que tudo isso está acontecendo por causa do *tipo de patins que devem ser usados*? — exclamou Jen.

Hiro deslizou para trás, abrindo os braços.

— *O que* está acontecendo por causa do tipo de patins?

— Não temos certeza — disse eu, tentando acalmar as coisas. — Talvez não seja nada. Mas, então, você não a tem visto ultimamente, não é? Sabe como podemos encontrá-la?

— Não. Foi uma situação chata. Ela patinava muito bem, mas não aceitava ter de mudar para patins *in-line*. Nem foi um supercontrato. Eles só nos ofereceram patins de graça e um equipamento de som melhor. E pediram uma ou duas sessões de fotos.

— Você disse que foi uma dissidência — lembrou Jen. — Outras pessoas saíram, além de Wick?

— Algumas. A maioria acabou voltando. O contrato só valeu por um verão. Mas Mwadi nunca voltou. Ela meio que... desapareceu.

— Algum desses caras era do grupo? — perguntou Jen, mostrando as outras fotos.

— Não, nenhum desses caras saiu com o grupo da Mwadi. Mas conheço esse aí... — Ele apontou para o Homem da Nascar. — É o Futura. Futura Garamond.

— Costuma vir aqui?

— Nunca. Mas sei que ele trabalha na *City Blades*. É designer.

— Ele cria patins?

— Não. Revistas.

CAPÍTULO VINTE E QUATRO

DECIDIMOS VOLTAR À MINHA CASA PARA PESQUISAR. SENTIA que estávamos chegando perto do anticliente; os graus de separação já não eram tantos.

Esperamos o trem número seis na plataforma quase vazia. As poucas pessoas ao nosso redor carregavam tantas sacolas de compras que pareciam meio perturbadas. Um comentário sobre os lunáticos de Nova York: eles fizeram com que carregar um monte de sacolas se tornasse algo vergonhoso. Sempre que levo alguma coisa além da mochila me sinto um maluco de carteirinha.

— Então esse cara trabalha com revistas — disse Jen. — Acha que há uma relação com a *Hoi Aristoi*?

— Talvez. Guardei meu exemplar de cortesia em casa. Podemos dar uma olhada. Mas não acho que a revista inteira seja uma fraude.

— É, aí já seria paranóia demais — comentou ela. — E está claro que é isso que eles querem.

— Isso o quê?

— Querem que comecemos a duvidar de tudo. Esta festa é de verdade? E este produto? Este grupo social? As modas realmente existem?

Concordei com ela.

— Minha mãe adora perguntar isso.

— Todo mundo adora.

Finalmente um trem chegou. Entramos num vagão dominado por um único anunciante. Por toda parte, havia adesivos de uma certa marca de relógios cujo nome acaba em *watch*. Jen estremeceu.

— O que houve? — perguntei.

— Sempre me lembro da primeira vez que entrei neste vagão. Olhei para o meu relógio e depois para os relógios nas propagandas. Todos marcavam a mesma hora que o meu.

Olhei ao redor. Os relógios de todos os anúncios marcavam 10h10.

— É isso mesmo. As fotos são tiradas assim para os relógios parecerem um rosto sorrindo.

— Eu sei. Mas a impressão que tenho é de que o tempo parou aqui dentro depois daquela manhã.

Dei uma gargalhada.

— Até os anúncios de relógios estão certos duas vezes por dia.

— Nunca me recuperei daquilo.

Reparei no rosto de Jen, que observava os relógios sorridentes acima de nós, como um pequeno mamífero atento às aves predatórias.

— Seu cérebro se reprograma com facilidade, Jen.

— Obrigada. Mas agora só quero que me abrace.

Pensei em dizer que podíamos trocar de vagão, mas abraçá-la era melhor.

Encontramos o apartamento vazio. Meu pai estava numa conferência sobre hantavírus que duraria o dia inteiro e minha mãe tinha ido à aula de caratê. Agradeci aos céus por não ter irmãs mais velhas e levei Jen até meu quarto. Seus olhos brilharam ao ver as prateleiras cheias de brindes ganhos pelo Caçador de Tendências: modelos clássicos de camurça e de cano longo fabricados pelo cliente, MP3 players do tamanho de caixinhas de chiclete e lições vivas de modas passageiras sob a forma de brinquedos, prendedores de cabelo e pulseiras de borracha. Só então me lembrei de algo terrível...

Eu tinha esquecido de esconder minhas camisas para garrafas.

— O que são essas coisas? — perguntou Jen.

Preciso fazer uma confissão: já fui um Inovador. Mas só uma vez.

Vocês provavelmente não conhecem as camisas para garrafas. Feitas de espuma, são primas distantes da manta usada para manter latas de cerveja geladas. As camisas, colocadas em garrafas de água, trazem nome e número de atletas e até mangas, exatamente como um uniforme em miniatura. São dadas de brinde em jogos de basquete aos cinco mil primeiros a chegar e têm patrocínio do zoológico do Bronx, de uma marca de chocolate ou de qualquer outra empresa.

Minha inovação foi a seguinte: em vez de botar minha camisa numa garrafa de água, vesti-a na minha mão. O dedo mínimo e o polegar saem pelas mangas, e os outros três, pelo buraco da gola. O resultado é uma mistura de proteção para o pulso e fantoche. Eu tinha feito aquilo num jogo dos Knicks, anos antes, e a coisa se espalhou pelo Madison Square Garden mais rápido do que a Doença do Legionário dentro de um navio de cruzeiro. No dia seguinte, estava nas ruas, permanecendo na moda por umas três semanas entre garotos com idade máxima de 13 anos.

Desde então, nunca mais vi minha obra, em lugar algum. Não é muita coisa, mas é criação minha.

Jen estava quieta, observando as fileiras de garrafas de água vazias que vestiam camisas com o mesmo ar patético dos cachorrinhos que desfilam enfiados em casaquinhos. As garrafas eram organizadas por time e posição do jogador. Só faltavam algumas bolinhas de basquete para formarem uma liga em miniatura.

— Ahn... são camisas para garrafas. É uma espécie de... coleção.

— De onde elas saíram? De alguma estratégia doentia de marketing?

— Na verdade, comprei a maioria no eBay. Não são vendidas nas lojas dos times. Para conseguir uma camisa específica, é preciso achar alguém que tenha ido ao jogo certo. Posso garantir que não é uma tarefa muito simples — disse, rindo.

— Você joga para valer, Hunter?

— Não desde que fui cortado do time da escola. A mudança de Minnesota revelou algumas deficiências no meu jogo. Por exemplo, minha incapacidade de fazer pontos e defender. Tudo que restou dos meus sonhos envolvendo o basquete são as camisas para garrafas.

Dei outra risada de autodepreciação, como se fosse necessário me depreciar mais ainda.

— Ah, entendi. — Com uma expressão de desconfiança, Jen examinou mais de perto uma garrafa vestida de Latrell Sprewell, de uma partida entre Knicks e Lakers, na temporada 2001-2002, patrocinada por uma marca de adoçante. (Atualmente vale 36 dólares nos leilões. Talvez mais.) — São como bonequinhos colecionáveis — comparou ela, citando uma certa série de ficção científica que durou uns quatro episódios a mais do que deveria.

Cheio de vergonha, liguei meu laptop.

Primeiro, procuramos o nome Mwadi Wickersham no Google. Nada. Nem um monte de resultados irrelevantes ou um "Você quis dizer...?". Simplesmente nada.

É perturbador quando o Google não funciona. É como quando minha tia Macy, de Minnesota, pára de falar: dá para saber que alguma coisa grave está para acontecer.

Pelo menos, Futura Garamond estava espalhado por toda a Internet.

A primeira pesquisa resultou num monte de páginas sobre bibliotecas de fontes tipográficas. Descobrimos que tanto *Futura* quanto *Garamond* são nomes de fontes clássicas. Acrescentando outros termos (*designer*, *City Blades*), achamos o ser humano Futura Garamond e ficamos sabendo que, como um jovem profissional, ele tinha criado famílias tipográficas para revistas de surfe e patinação e alfabetos confusos com nomes como YoMamaIs Gothic e BooksAreDead Bold. Do desenho de tipos, ele partiu para trabalhos com encartes de CD, redesenho de algumas revistas conhecidas de música e a inevitável empresa de webdesign fadada ao fracasso logo depois da virada do século.

— Está notando um padrão? — perguntou Jen, enquanto eu me curvava sobre seu ombro, tentando não me distrair com o novo perfume de framboesa que vinha do seu cabelo.

— Ahn, é, estou notando.

Futura havia sido demitido de todos seus empregos, basicamente por tornar os textos ilegíveis. Sua marca registrada eram conceitos radicais como:

uma diagramação em duas coluna de cada vez, mas se passa de cos aleatórios de texto que cone causando uma dor de cabeça cada por luzes vermelhas e azuis versão tipográfica de um ataque sura não foi a única afronta que de, mas mostrou claramente seu bros de todos que por acaso se nas em que não se lê uma coluuma à outra, resultando em blotrariam cinco séculos de design intensa parecida com a provopiscando numa tela — uma *paka-paka*. Essa pequena traveseele cometeu contra a legibilidadesejo de recondicionar os céredeparassem com sua obra.

— Ai — reclamei, depois de conferir alguns PDFs de páginas de revista desenhadas por Garamond.

— Até que gostei — comentou Jen.

— Mas isso dói!

— De um jeito interessante. Consigo entender porque as pessoas continuam dando trabalho para ele.

Era verdade. Futura nunca tinha passado dificuldade. Dominava a arte de ser despedido em grande estilo, sempre conseguindo atrair um novo empregador no processo. Os ex-chefes ficavam parecendo repressores por tentarem tolher seu talento, e os novos contavam com uma imagem mais radical, pelo menos até serem forçados a demitir Futura, geralmente quando suas revistas se tornavam ilegíveis.

— Esse cara tem uma lista extensa de inimigos — disse Jen.

— É mesmo. Várias razões para se vingar do... bem, de qualquer um que o anticliente esteja perseguindo.

— Só não consigo ver uma relação com a *Hoi Aristoi* — disse Jen.

Peguei a revista no criado-mudo e dei uma olhada nas primeiras páginas.

— Não vejo o nome do Futura em lugar algum.

— Quem é o dono da *Hoi Aristoi*?

Pronunciei o nome de uma certa megacorporação conhecida por sua presença implacável em todos os segmentos da mídia, incluindo um monte de jornais e um canal de notícias tendenciosas.

— Opa — disse Jen, de olhos fixos na tela, depois de fazer uma checagem no Google. — Futura foi demitido por pelo menos quatro empresas de propriedade desses caras.

— Já temos um motivo.

— Agora ouça isso: alguns anos atrás, ele decidiu sair da rotina de ser despedido para "dedicar-se a projetos pessoais". Gostaria de saber quais seriam esses projetos.

Novamente por cima do ombro de Jen, li sobre como a carreira de Futura Garamond finalmente havia se assentado numa pequena empresa de design chamada Movable Hype, da qual era o único dono e diretor. O empregado tinha se transformado no empregador.

— Dê uma olhada no endereço — disse Jen.

— Perfeito.

O escritório da Movable Hype ficava em Tribeca, a cerca de três quarteirões do prédio abandonado em que Mandy tinha desaparecido.

Pude ver o reflexo do sorriso de Jen na tela.

— Temos o motivo e a oportunidade também.

CAPÍTULO VINTE E CINCO

— **ESTE AQUI É O BAIRRO DO *CRÈME BRÛLÉE*.**
— Como é que é?
— Minha irmã identifica os bairros pela principal sobremesa servida na área — explicou Jen. — Estamos a oeste do sorvete de chá verde e ao sul do tiramisu.

Era verdade. O primeiro restaurante por que passamos foi um pequeno bistrô enfiado entre uma galeria de arte e uma borracharia. Verificamos o cardápio e descobrimos que eles serviam mesmo *crème brûlée*, uma pequena tigela de pudim com a parte de cima crocante, graças ao uso de um maçarico. Com freqüência a piromania é escrava da inovação.

— Como está sua irmã?
— Menos irritada depois que o vestido que peguei emprestado passou pela inspeção sem apresentar nenhum rasgo ou buraco.

Acho que, nesta hora, fiz uma expressão de dor.
— Ai, desculpe, Hunter. Me esqueci do seu paletó. — Ela me segurou firme. — Escute, já que essa história toda de

disfarce foi idéia minha, tenho obrigação de pagar metade do prejuízo.

— Não precisa fazer isso, Jen.

— Você não pode me impedir.

Dei uma risada.

— Na verdade, posso, sim. O que você vai fazer: me amarrar e pagar a fatura do meu cartão de crédito?

— Só metade dela.

— Mesmo assim, são quinhentos dólares. — Sacudi a cabeça. — Esqueça. Vou pagar a parcela mínima até conseguir algum dinheiro. Só vai aumentar minha motivação para achar Mandy. Ouvi dizer que, quando alguém a resgata, consegue mais trabalho com ela.

— Tudo bem — aceitou Jen. — Nem tenho esse dinheiro mesmo. Não depois de pagar o telefone e a TV a cabo da Emily. Mas vou ver se consigo dar um jeito no paletó.

— Para mim, é um caso perdido.

— Eu sei. Mas estou falando de dar uma mexida nele. De repente você pode acabar com um modelo novo. Um original da Jen.

Sorri e segurei sua mão.

— Já consegui algo muito melhor.

Ela retribuiu o sorriso, mas se afastou, para que continuássemos andando. Pouco à frente, ao passarmos pela sombra de uma seqüência de andaimes, ela parou e me beijou na escuridão repentina.

Fazia um friozinho sob os andaimes. As ruas do bairro do *crème brûlée* estavam quase vazias naquela tarde de sábado de verão. Um táxi passou, trepidando sobre o pavimento de pedras; por mais que se asfaltassem as ruas, os carros acabavam arrancando a cobertura, e as pedras antigas reapareciam, como tartarugas curiosas saídas de águas turvas.

— Revolução Francesa — disse.

Eu estava meio sem fôlego. Jen se encostou em mim.

— Continue.

Sorri. Ela tinha começado a se acostumar às viagens do meu cérebro. Apontei para o pavimento esburacado.

— Naquela época, os *hoi polloi* demonstravam insatisfação em toda parte, mas a revolução só foi bem-sucedida na França, porque as pedras do calçamento de Paris não estavam muito bem presas. A multidão enfurecida conseguia enfrentar os soldados do rei arrancando as pedras das ruas. Imagine uma centena de camponeses arremessando esses negócios em você.

— Nossa!

— Exatamente. Uniforme refinado, mosquete, essas coisas não são muito úteis numa chuva de pedras desse tamanho. Já nas cidades em que as pedras estavam bem presas, as multidões enfurecidas não podiam fazer nada. Nada de revolução.

Depois de refletir por alguns segundos, Jen fez o Gesto para as pedras.

— Quer dizer que os *hoi polloi* só conseguiram se livrar dos aristocratas graças a uma falha na fixação das pedras que estavam bem ali sob os pés deles?

— Isso mesmo — respondi. — Bastou um Inovador dizer "Ei, vamos pegar essas pedras e arremessar contra eles". E assim caiu aquela sociedade.

Saímos da sombra e observamos o antigo prédio. Os andaimes iam até o alto: seis andares de tubos de metal e tábuas de madeira. Numa das laterais, havia um anúncio de décadas atrás, todo desbotado. Os tijolos apareciam em meio à pintura descascada. Dava para perceber que tinha existido outro prédio ao lado daquele, mas não havia vestígios dele além de uma pequena variação na cor dos tijolos.

— Hunter, você não acha que há um problema de fixação hoje em dia? Parece que se alguém descobrisse o que arremessar, e em quem, tudo acabaria desmoronando rapidamente.

— Penso nisso sempre.

— Eu também. — Passávamos por um trecho bem gasto da Hudson Street. Jen deu um chute na ponta de uma pedra do pavimento, mas ela estava encravada no asfalto e não se moveu. — Então é essa a missão do anticliente, não é? Separar as coisas. Talvez tenham descoberto o que usar como pedra.

— Talvez. — Protegi meus olhos com a mão e forcei a vista para ver o nome da rua à frente e a numeração. A Movable Hype ficava no meio do quarteirão seguinte, num prédio antigo e alto com estrutura de ferro. — Mas acho mais provável que estejam simplesmente jogando tudo que encontram pela frente.

— Fechado aos sábados — disse, repetindo o que devíamos saber antes mesmo de nos darmos ao trabalho de andar até lá.

Ninguém respondia ao interfone. Tratava-se de um escritório e, por mais maluca que fosse a estética tipográfica de Futura Garamond, ele também não trabalhava aos sábados no verão.

— Ótimo — disse Jen, esticando o braço na direção do interfone.

Aquele movimento me fez sentir um frio no estômago.
Uma voz respondeu:
— Pois não?
— Entrega — informou Jen, numa voz rouca.
— Isso de novo, não — murmurei.
A porta se abriu.

A Movable Hype ficava no último andar. A escada subia circundando o antigo elevador, trancado no fundo de sua jaula de dez andares, de folga no fim de semana. Logo Jen abriu uma dianteira de meio andar. Eu conseguia ver seus cadarços vermelhos através da estrutura de metal que cercava a coluna do elevador. Ela encarava os degraus como se estivesse habituada a subir de escada. (Como meu prédio passava do limite de seis andares, eu estava acostumado à comodidade.)
— Espere por mim.
Ela não esperou.
Quando cheguei ao décimo andar, Jen já tinha achado a porta da Movable Hype, ao fim de um longo corredor.
— Está trancada.
— Ah, que surpresa. O que vamos fazer? Arrombar?
— Não dá, é reforçada. Mas dê uma olhada nisso.
Ela me levou até um canto onde um conjunto de janelas dava para um vão central. No passado, os aluguéis em Nova York eram baseados na quantidade de janelas do lugar. Por isso, os senhorios inventaram prédios com a parte interna vazada, criando uma característica peculiar da cidade: uma janela com vista para a janela de outra pessoa a um metro de distância. Mandy sempre reclamava que Muffin, seu gato comedor de baratas, pulava pelo vão para os outros aparta-

mentos em dias quentes que exigiam janelas abertas — provavelmente para ver se as baratas dos vizinhos eram mais gostosas ou menos arredias a gatos.

Jen apontou por uma das janelas. Num dos cantos do vão, havia outra janela, perpendicular à nossa. Eu podia ver contornos de mesas e computadores.

— É a Movable Hype — disse Jen, destravando a janela.

— Jen... — Ela levantou o vidro e passou uma perna para o lado de fora, a uns trinta metros do chão, lá embaixo. — Jen!

Ela esticou o braço na minha direção.

— Segure minha mão.

— Não mesmo!

— Prefere que eu faça isso sozinha?

— Ahn... não.

Percebi que não era um blefe: ela estava pronta para se projetar e tentar alcançar a outra janela, com ou sem a minha ajuda. Senti uma simpatia repentina por Emily. Se ela era assim aos 17 anos, como teria sido aos dez?

— Preste atenção — disse Jen. — É uma distância mínima. Se não fosse a altura, você não pensaria duas vezes.

— Claro, se não fosse a questão da morte certa, não pensaria duas vezes.

Ela olhou para baixo.

— Seria uma morte bem certa mesmo. E por isso mesmo você vai segurar minha mão.

Jen esticou o braço de novo, balançando-o impacientemente. Suspirei e agarrei seu pulso com as duas mãos.

— Ei, está muito apertado.

— Agora você vai ter de agüentar.

Jen revirou os olhos e depois jogou o peso do corpo sobre o vão. Sua mão livre alcançou a janela da Movable Hype com facilidade. Senti seu pulso se torcer entre meus dedos enquanto ela forçava a janela alguns centímetros para cima. Até emperrar.

— Segure firme, Jen.

Ela ajeitou-se sobre o peitoril para poder alcançar mais longe. Por reflexo, eu me inclinei para trás, como se estivesse numa disputa de cabo-de-guerra. Àquela altura, meus pés já estavam escorados na parede.

Jen acabou conseguindo subir a janela mais alguns centímetros.

— Está bem, pode me largar agora.

— Por quê?

— Para eu poder entrar, bobinho.

Pensei em não permitir. Podia ficar ali segurando seu pulso, até não agüentar mais, mantendo-a do lado seguro do vão. Mas sabia que ela ia acabar vencendo. E interromper a circulação de sangue numa de suas mãos não parecia ser uma alternativa razoável ao risco de morte certa.

— Tudo bem, vou soltar.

Eu me ajeitei e comecei a soltá-la gradualmente.

— Muito obrigada, hein.

— Tome cuidado.

Ela sorriu de novo e esticou a outra perna. Com uma mão aflitivamente agarrada à outra janela, afastou-se do peitoril e firmou o pé num canto do vão. Sua outra mão alcançou o peitoril vizinho e puxou o resto do corpo para o outro lado.

Durante os segundos em que seu corpo estava no meio do caminho entre as duas janelas, senti meu estômago se revirando e se contorcendo. Quis agarrar sua mão novamente, mas sabia que as palmas suadas das minhas mãos eram a última coisa de que ela precisava naquele momento. E num instante ela estava com as duas mãos bem firmes no parapeito e com os pés se arrastando na parede para se projetar pela janela aberta.

Os cadarços vermelhos sumiram de vista com um ruído abafado.

— Jen?

Debrucei no parapeito, evitando olhar para baixo. Seu rosto apareceu na janela, com um sorriso estampado.

— Caramba. Isso foi radical!

Respirei fundo. A adrenalina pulsava dentro de mim. Ao ver Jen em segurança do outro lado, percebi que também estava doido para fazer a travessia. Essas coisas são engraçadas: um minuto antes, eu achava a idéia uma loucura, mas, depois de ver um Inovador a transformando em realidade, queria ser o próximo da fila.

Lembrei da minha desenvoltura na sala dos meteoritos, da minha fuga destemida pelo vale dos flashes do Pu-Xam. Não tinha mais franjas e estava pronto para encarar o perigo.

Passei uma perna para fora. O vão parecia me atrair e me incentivar a atravessá-lo.

— Ahn... Hunter...

— Não, eu também quero ir até aí.

— Tudo bem, mas é que...

— Eu consigo!

— Sei disso. É só que eu *poderia* simplesmente abrir a porta, sabe.

Congelei. Senti meu corpo equilibrado no peitoril. Uma mão estava agarrada à janela, e a outra, esticada sobre o nada...

— É, acho que você poderia fazer isso.

Dei meia-volta e percorri o corredor até a entrada menos desafiadora da Movable Hype. Ouvi duas trancas se mexendo e, finalmente, a porta se abriu.

— Você não vai acreditar nisso — disse Jen.

CAPÍTULO VINTE E SEIS

AS PAREDES ESTAVAM TODAS COBERTAS. PÁGINAS E MAIS páginas.

Não eram os designs típicos de Futura Garamond. Pelo menos uma vez, ele tinha se contido, reproduzindo com perfeição o estilo pseudomoderno, porém amigável, de uma certa revista para investidores ricos e jovens.

— *Hoi Aristoi* — disse Jen.

— Mais ou menos.

Examinei as páginas mais de perto. Todas as fotos eram da festa: pingüins e pingüinetes bêbados e de olhos arregalados, quase animalescos em discussões mesquinhas, ataques públicos de ciúme e poses afetadas. Dava para ler a linguagem corporal tão bem quanto um letreiro luminoso. Os vestidos amarrotados e gravatas-borboleta tortas também estavam nítidos. À medida que as fotos avançavam, toda aquela máquina de privilégios e poder se revelou diante dos meus olhos, patética como uma faixa de cetim manchada de Noble Savage. Em contraste, os veados empalhados que, de vez em quando, se viam ao fundo pareciam inteligentes e sensatos.

Havia milhares de fotos impressas empilhadas numa bancada ao longo da parede, produto de aproximadamente quinhentas câmeras. Era muito mais do que eles precisavam. Pela teoria de Jen, cada foto tirada com as câmeras de brinde tinha sido transmitida por conexão sem fio ao anticliente.

— Futura deve ter vindo para cá depois da festa e trabalhado a noite inteira — comentei, vigiando a porta do escritório com nervosismo. — Acha que ele foi para casa dormir ou está só tomando um café em algum lugar?

— Ele deve estar de volta logo — respondeu Jen. — As páginas já devem estar diagramadas, à espera das fotos. O que significa que eles querem um trabalho rápido.

— Certo — disse, caminhando na direção da porta. — E por falar em trabalho rápido...

— Mas o que é esse negócio, afinal? — perguntou Jen. — Uma edição falsa ou verdadeira da *Hoi Aristoi*?

— Acho que as pessoas é que vão decidir.

— A capa deve estar neste lado.

Ela percorreu a parede, contando as páginas, em ordem decrescente. Desisti da idéia de sair logo dali e fui atrás de Jen. O trabalho era absolutamente profissional. Futura Garamond não pretendia se limitar a uma paródia: havia criado uma imitação perfeita. Chegou ao requinte de incluir anúncios de verdade copiados da primeira edição. Os anúncios, obviamente, eram tão importantes na revista quanto qualquer outra coisa.

Numa das extremidades do escritório, encontramos o expediente e a capa. Os destaques eram os seguintes: *Exclusivo: festa de lançamento! Edição especial só para assinantes!*

— Número zero — disse Jen, apontando para o canto superior direito da capa.

— É assim que eles costumam chamar as edições de teste das revistas. Mas a *Hoi Aristoi* já publicou um número zero. O exemplar grátis que veio na sacola de brinde era da edição número um.

— Então esta aqui não é verdadeira.

— Não, mas parece bastante verdadeira — comentei.

Se não fosse pelas fotografias de mau gosto, a revista enganaria qualquer um.

— É, acho que você tinha razão. Não é chantagem. É algo bem mais esquisito. Mas *o que* exatamente?

— Boa pergunta.

Vasculhamos o escritório. O sol de fim de tarde que entrava pela janela iluminava o ambiente e revelava a inevitável camada de poeira nos monitores. Impressoras profissionais aguardavam a hora de se alimentar das resmas de papel, enquanto discos rígidos empilhados piscavam em espera. Alguns laptops repousavam sobre uma pilha de roteadores sem fio. Não havia mais dúvida de que eles tinham recebido as fotos da festa de lançamento diretamente das câmeras Pu-Xam.

Encontrei alguns exemplares antigos de revistas diagramadas por Futura Garamond, um modelo de embalagem de Pu-Xam e rascunhos de um rótulo para o rum Noble Savage. Então aquilo também tinha sido enganação. Fiquei pensando no teor alcoólico do líquido colocado nas garrafas. Teria sido apenas álcool ou algo mais? Nada no escritório sugeria que a Movable Hype tivesse clientes de verdade. Garamond trabalhava exclusivamente para o anticliente.

— Dê uma olhada nisso — disse Jen, segurando uma longa impressão, toda dobrada, como se fosse uma sanfona. — Nomes e endereços. E telefones também.

— Uma mala-direta. Será que é *a* mala-direta?

Jen olhou para mim.

— Está falando da lista dos assinantes da *Hoi Aristoi*?

Confirmei com a cabeça.

— Tente achar Hillary Winston-Smith. Está no W, e não no S.

Ela foi até o fim da lista.

— Está aqui.

— Então *é mesmo* a lista da *Hoi Aristoi*.

Espiei por cima do ombro de Jen e confirmei minha teoria. Um terço dos endereços ficava na Quinta Avenida; alguns sequer incluíam um número de apartamento. Ser dono de um prédio inteiro na Quinta Avenida é como ter um aeroporto particular em outros lugares: significa que você é *rico*. O endereço de Hillary Winston-hífen-Smith também não era nada modesto. Ela morava num certo edifício do Upper East Side famoso por abrigar estrelas do cinema, xeiques do petróleo e traficantes de armas.

— Eles compraram a lista de assinantes — concluí.

— Quer dizer que vão mandar exemplares a todas as suas vítimas — disse Jen, rindo. — É bem legal da parte deles.

— E a todos os candidatos a assinantes, só para mostrar como são os aristocratas realmente. Aposto que a imprensa receberá sua cota também. — Eu não conseguia entender. — Mas por quê? Todo esse investimento só para fazer um tipo de pegadinha?

— Lembra do que me disse depois que deixei Mandy irritada na discussão de grupo? Complicar as coisas exige talento, não foi isso?

— Foi. — Dei uma olhada ao redor. — Com certeza, Garamond tem muito talento.

— E ele também tem um plano, que estou começando a entender. Ou quase.

— Compartilhe isso comigo, por favor.

— Ainda não estou muito certa. Mas estamos chegando perto. Ajudaria se soubéssemos quem mais está por trás disso. — Ela apontou para a lista de assinantes. — Quanto custaria uma lista dessas?

Folheei a impressão, pensando na pergunta. Qualquer que seja o assunto — esqui na neve, animais de estimação ou eletrônicos de última geração —, a maioria das revistas fatura mais comercializando suas listas de assinantes do que com vendas em banca. É uma grande oportunidade saber como as pessoas se vêem, quanto ganham e como gastam seu dinheiro. Uma revista pode ser apenas embrulho para anúncios, mas também é uma bíblia para um estilo de vida: mostra aos leitores as novidades, o que pensar delas e, mais importante, o que comprar. É por isso que se recebe uma tonelada de ofertas pelo correio sempre que se assina uma revista: o leitor se classificou como esquiador, dono de animais de estimação e comprador de eletrônicos.

Os anunciantes dividem a humanidade em categorias: tribos com nomes como Chapéus e Botas, Suburbanos e Mistura Boêmia. As assinaturas de revistas são o modo mais fácil de saber quem é quem. Na minha mão, estava uma lista de Sangues Azuis de alto nível. Material valioso.

— Muito caro. Como o resto desta operação — respondi.

— Posso apostar que não foi a Movable Hype que pagou por isso.

— Por que não? Futura faturou bastante nos últimos anos.

— É verdade. Mas será que ele gostaria de ser identificado por todo mundo como a pessoa por trás de um trabalho como esse? — Seu braço apontou para as páginas espalhadas pelas paredes. — Uma coisa tão sem originalidade e contida? Mesmo que seja uma grande pegadinha, não deixa de ser imitação pura.

— Além de praticamente garantir que ele nunca mais vai trabalhar no mercado de revistas.

— Então outra pessoa pagou por tudo isso. Alguém ligado ao anticliente.

— Mesmo se conseguirmos descobrir quem pagou pela lista de assinantes, poderá ser uma empresa de fachada, como a Pu-Xam.

— Talvez. Mas o financiador teve de pagar caro pelos produtos da sacola de brindes: centenas de frascos de Pu-Xam e garrafas de Noble Savage, sem contar as câmeras com conexão sem fio. Não são compras feitas com cartão de crédito. Deve haver algum rastro do dinheiro.

— Certo. — Voltei a olhar para a porta do escritório, pressentindo um barulho de chave, a qualquer momento. Pelo menos, com aquela idéia, poderíamos sair dali. — Por onde começamos?

Jen mostrou a lista de assinantes.

— Por aqui. Sua amiga Hillary não trabalha para a *Hoi Aristoi*?

— Hillary não trabalha para ninguém; só fez uma parte da divulgação. E não é minha amiga.

— De qualquer maneira, ela nos contaria o que sabe, não contaria?

— Fornecer informações particulares de um cliente? Por que Hillary faria isso?

Jen deu uma risadinha.

— Porque deve estar doida para descobrir quem deixou o cabelo dela roxo.

CAPÍTULO VINTE E SETE

COMECE COM UM MOLUSCO E ACABE COM UM IMPÉRIO.

Parece mentira, mas os fenícios conseguiram exatamente isso há cerca de quatro mil anos. O minúsculo reino estava encravado entre o Mediterrâneo e um vasto deserto. Não havia minas de ouro, oliveiras ou plantações de grãos em qualquer lugar próximo. A única coisa que os fenícios tinham era uma espécie de molusco comumente encontrado na praia. Apesar de ser saboroso, este molusco apresentava um problema: se você comesse muitos, seus dentes ficavam roxos.

Como era de se esperar, muitas pessoas se incomodavam com aquilo. Provavelmente faziam comentários como "Até que esses moluscos não são ruins, mas quem quer ficar com os dentes roxos?". E não pensavam mais no assunto.

Até que um dia um antigo Inovador teve uma idéia maluca...

Imaginem uma pessoa que morasse no Egito, na Grécia ou na Pérsia, naquela época, e fosse muito rica. Esta pessoa tinha todo o ouro, o azeite e os grãos que desejava. No entanto, tudo de que dispunha para vestir eram mantos nas seguintes cores: bege claro, bege normal e bege escuro. É o que se vê nos filmes sobre histórias bíblicas; todos se vestiam em tons de terra. Era a única cor à disposição e a única cor com que se imaginavam.

Um dia aparece um bando de fenícios. Vendendo tecido roxo. *Roxo!*

Hora de jogar fora o guarda-roupa bege!

Por um tempo, o roxo tornou-se *a cor*, o maior modismo desde a revolução provocada pela roda. Depois de passarem a vida inteira alternando entre 16 tons de bege, todos fizeram fila para comprar o novo tecido. O preço disparou, em parte por causa da demanda, mas também porque são necessários cerca de duzentos mil moluscos para produzir trinta gramas de tintura. Num instante, os fenícios estavam nadando em dinheiro (na verdade, em ouro, azeite de oliva e grãos, mas a idéia é a mesma).

Assim nasceu um império comercial. E um detalhe sobre marcas: Fenícia significa "roxo" em grego arcaico. Você é o que você vende.

Depois de um tempo, porém, aconteceu algo interessante. Os manda-chuvas decidiram que o roxo era muito chique para ser usado por qualquer um. Primeiro, instituíram uma taxa sobre os tecidos roxos; depois aprovaram uma lei proibindo os *hoi polloi* de vestir roupas roxas (como se tivessem dinheiro para isso); e, finalmente, tornaram os trajes roxos exclusividade de reis e rainhas.

Com o passar dos séculos, esse código de vestimenta tornou-se tão disseminado e arraigado, que até hoje, quatro mil anos depois, o roxo ainda é associado à realeza na Europa. E tudo isso porque um Inovador que viveu quarenta séculos atrás teve uma idéia interessante a partir do problema dos dentes roxos. Nada mal.

Mas por que estou falando disso?

Dias depois da festa de lançamento da *Hoi Aristoi*, boatos sobre Sangues Azuis de cabeça roxa começaram a se espalhar por Nova York, e grande parte dos setores mais ricos da sociedade fugiu para a região de Hamptons para esperar a tintura sair, numa espécie de isolamento régio. Um pai preocupado, contudo, enviou meio frasco de Pu-Xam para testes, com intuito de descobrir do que se tratava. O resultado mostrou que o xampu continha água, lauril sulfato de MEA e uma concentração impressionante de tintura de molusco — totalmente segura em termos médicos e ambientais.

De uma coisa agora se pode ter certeza: o pessoal do anticliente entende de história.

Hillary Winston-hífen-Smith não estava recebendo visitas.

Foi o que nos informaram na portaria de um prédio da Quinta Avenida que tinha entre seus moradores atletas milionários, empresários bilionários da indústria do software e um cantor conhecido por um nome só. (Curiosamente, o nome é relacionado à realeza, e o cara gosta muito da cor roxa. Incrível.) O recepcionista vestia um uniforme roxo de muito bom gosto que combinava com o rico estofamento das cadeiras dispostas na entrada de mármore, com detalhes em ouro, provando que as coisas não haviam mudado tanto em quatro mil anos.

— A senhorita Winston-Smith não está se sentindo bem — confidenciou o recepcionista.

— Ah, que pena — disse eu. — Hum, você por acaso a viu hoje?

Ele fez que não.

— A senhorita não desceu hoje.

— Você não poderia ligar lá para cima? — perguntou Jen.

— Alguns amigos estiveram aqui mais cedo, e ela avisou que não sairia hoje. — Ele limpou a garganta. — Na verdade, a senhorita Winston-Smith disse que não sairia mais *este ano*. Sabem como ela fica.

Eu sabia. E, se Hillary realmente tivesse sido vítima do Pu-Xam, era um alívio não ser levado à sua ilustre presença.

— Bem, é uma pena... — comecei a dizer, dando um passo discreto para trás.

Foi quando ouvi Jen fazendo uma ligação. Eu e o recepcionista nos viramos para observá-la, paralisados de surpresa. Da minha parte, não tinha visto Jen pegar o número de Hillary na lista de assinantes, e ele provavelmente nunca tinha ouvido alguém falar com a senhorita Winston-Smith daquele jeito.

— Hillary? É a Jen... nos conhecemos há dois dias na reunião da Mandy. Espero que esteja ouvindo. Eu e Hunter estamos na recepção do seu prédio e achamos que sabemos como encontrar um antídoto para o xampu que você usou hoje de manhã. Só precisamos de alguns minutos. Aí poderemos ajudá-la com o... problema roxo. Bem, a não ser que dê algum sinal de vida, já estamos de saída...

O interfone atrás da mesa tocou. A voz de Hillary, meio rouca, tomou conta da recepção:

— Reginald? Pode mandá-los subir, por favor?

Reginald fez uma expressão de surpresa e por pouco não esqueceu de responder à senhorita Winston-Smith. Em seguida, apontou na direção dos elevadores.

— Vigésimo andar — disse, com os olhos cheios de admiração.

Hillary estava em seu jardim, uma ampla sacada voltada para o Central Park, enfiada num robe e com uma toalha enrolada na cabeça. Sua pele enrugada e as pontas dos dedos marcadas mostravam que havia sido um dia inteiro de banhos. As horas de choro tinham deixado seus olhos inchados. O rosto, as mãos, os antebraços e algumas mechas de cabelo que escapavam do turbante mantinham um tom roxo extraordinariamente vibrante e majestoso.

O estilo lhe caía bem. A tintura tinha se espalhado de modo uniforme por sua pele e contrastava de um jeito inesperadamente bonito com seus olhos azuis. Hillary havia se tornado popular como a bela apresentadora de um canal especializado em música. Seus traços mostravam seu sangue azul tanto quanto suas relações sociais. E, embora ela sempre tenha me parecido muito comercial, sua versão roxa lhe dava alguma credibilidade.

— Como você pode estar normal, Hunter? — perguntou ela, assim que eu e Jen pisamos na sacada.

Ouvi a empregada que havia nos conduzido pelo imenso apartamento se retirar rapidamente atrás de nós.

— Como assim normal!?

— Você não está roxo!

Mostrei as mãos, que mantinham as manchas da minha breve exposição ao Pu-Xam.

— Espere... é isso mesmo. — Suas sobrancelhas roxas se arquearam, como se estivesse se debatendo contra a forte ressaca para lembrar da noite anterior. — Eu até perguntei sobre suas mãos ontem à noite.

— Exatamente — confirmei, tentando entender aonde ela queria chegar.

— Hunter! Você já estava com essa porcaria nas mãos quando nos encontramos ontem à noite. Por que não me *avisou*?

Cheguei a abrir a boca, mas decidi fechá-la de novo. Era uma boa pergunta. Acho que eu estava mais preocupado em não fazer companhia a Mandy no cativeiro do que em evitar que um bando de Sangues Azuis acabasse com as cabeças roxas. (Para ser sincero, porém, devo dizer que a possibilidade de alertar as outras pessoas nem me passou pela cabeça.)

— Bem, é que as coisas estavam meio complicadas ontem à noite e...

— Estávamos trabalhando disfarçados — disse Jen. — Tentando descobrir quem é o responsável por tudo isso.

— Disfarçados? — Hillary levantou uma de suas sobrancelhas roxas. — Do que está falando? Aliás, quem *é* você?

— Nos conhecemos no outro...

— *Sei* que nos conhecemos. Mas de onde você saiu? E por que as coisas andam tão estranhas desde que apareceu?

A fúria violeta de Hillary chamou minha atenção. As coisas andavam *mesmo* estranhas desde que eu tinha conhecido Jen — já havia reparado naquilo uma ou duas vezes. Porém, num momento de clareza mental, percebi que tudo estaria acontecendo bem longe do meu mundinho caso nunca a tivesse conhecido. Eu nunca teria ido à festa de lançamento ou entrado às escondidas na Movable Hype. Além disso, se Jen não tivesse mencionado o esquema falta-uma-mulher-negra na reunião, Mandy sequer teria nos levado ao prédio abandonado. Talvez nem Mandy tivesse ido lá naquela manhã e talvez ainda estivesse por perto, organizando discussões de grupo e tirando fotos de caras usando boinas, em vez de... estar desaparecida.

Apesar disso, na prática, o cabelo roxo de Hillary não era culpa de Jen: a festa da *Hoi Aristoi* estava prevista havia meses. Ela não era uma espécie de amuleto do azar responsável por tudo aquilo. Estava mais para uma bússola que me conduzia diretamente às coisas esquisitas. Ou algo parecido.

Decidi pensar naquilo depois.

— Como Jen disse, estávamos disfarçados. Mandy desapareceu ontem e desde então estamos tentando encontrá-la.

— Mandy? — Hillary ergueu o copo de *Bloody Mary* da mesa ao lado de sua espreguiçadeira e tomou tudo num gole só. Para curar a ressaca. Mesmo tingida de roxo, Hillary parecia estar com o pescoço meio verde, provavelmente por causa do excesso de Noble Savage. — O que isto tudo tem a ver com ela?

— Não sabemos direito — respondi. — Na verdade, não sabemos de nada.

Hillary revirou os olhos.

— Caramba, Hunter, fico tranqüila por vocês dois estarem no caso.

— Eu já disse: é complicado. Mas achamos que podemos chegar às pessoas por trás do Pu-Xam. Só precisamos que nos dê algumas informações.

— Mas você nem... — Ela piscou e, por um momento, achei que fosse chorar. Desviei o olhar, observando as plantas exóticas, as pequenas árvores em vasos e a paisagem recortada da vizinhança, que lembrava dentes quebrados saindo de uma floresta. Hillary soluçou uma única vez. — Você me abandonou, Hunter. Você já devia saber que era tintura.

— É, sim, acho que sim. Mas não tinha a mínima idéia do que estava acontecendo. Quero dizer, aquelas luzes todas piscando me deixaram desnorteado...

— Quero fazer uma pergunta a você, Hillary — disse Jen. — Depois que saiu do chuveiro e se viu no espelho, ligou imediatamente para todos seus amigos?

— Eu... — Sua voz se perdeu em meio aos pensamentos roxos. — Talvez não tenha ligado na hora. Mas isso aconteceu *hoje de manhã*. Hunter já sabia que havia algo de errado desde ontem à noite, na festa.

— E isso significa o quê?

Com um gesto, ela tentou afastar a pergunta de Jen, como se fosse um mosquito chato:

— Você não acharia isso tão engraçado se estivesse toda roxa.

— Não acho que... — começou a responder Jen, mas, espalmando as mãos, acabou admitindo: — Está bem, alguns *aspectos* são engraçados.

Hillary soltou um suspiro profundo.

— Hunter, este encontro foi divertido, mas acho que está na hora de irem embora.

Ela apertou o botão de um interfone sem fio próximo ao seu copo de *Bloody Mary*, e logo uma campainha tocou num ponto distante do apartamento.

— Escute. Sinto muito por não ter avisado da tintura, Hillary. Mas podemos achar as pessoas responsáveis por isso.

Seus olhos me fuzilaram.

— Tarde demais para ajudar.

— Mas se encontrarmos esses caras — disse Jen — podemos encontrar o antídoto.

A empregada apareceu, indecisa se devia passar para o lado de fora, enquanto os olhos quase fechados de Hillary tentavam abrir um buraco em Jen.

— Antídoto?

— Talvez exista uma maneira de remover a tintura — explicou Jen.

— Outro *Bloody Mary* — disse Hillary, sacudindo o copo com gelo, sem tirar os olhos de Jen.

Num instante, a empregada desapareceu. Depois de alguns segundos de reflexão roxa, Hillary perguntou:

— Do que vocês precisam?

— Dos nomes de todos que compraram a lista de assinantes da *Hoi Aristoi* — respondi.

— A mala-direta? Tudo bem, vou fazer umas ligações. — Inclinou-se para a frente, retirou o canudo do copo vazio e o apontou ameaçadoramente na minha direção. — Desta vez, é melhor me manter informada, Hunter. Senão, você vai acordar com algo bem pior do que a cabeça roxa.

CAPÍTULO VINTE E OITO

ESPERAMOS A LIGAÇÃO NO NOSSO CAFÉ FAVORITO, SENTADOS no mesmo sofá antigo, com os ombros encostados. Eu devia estar me sentido ótimo. Devia.

— Por que está chateado?

Olhei para minhas mãos roxas.

— Hillary está certa. Ontem à noite, eu devia ter avisado sobre o xampu, depois que descobri que era tintura. A festa inteira não passava de uma armadilha, e deixamos todo mundo cair nela.

Jen largou seu corpo sobre mim de um jeito reconfortante.

— Ah, qual é? Estávamos muito ocupados tentando não ser pegos. E estou falando de ser pego de verdade, não de ficar com o cabelo roxo ou ser fotografado se comportando mal. Você não teve de correr para se salvar?

— Tive. Duas vezes no mesmo dia. Mas ainda preferiria ter avisado Hillary.

— Está se sentindo culpado pelo cabelo roxo da Hillary? Não seja bobo, Hunter. Ela vai sobreviver. Fomos à festa para investigar um seqüestro e não para salvar um bando de garotos ricos e mimados.

Afastei-me um pouco para ver melhor o sorriso malicioso nos lábios de Jen.

— Você gosta desses caras, não gosta? — perguntei. — Desse pessoal do anticliente.

— Não diria que *gosto* deles. — Ela se recostou no sofá e suspirou. — Acho que provavelmente são perigosos e estou preocupada com Mandy. E, com certeza, não quero ser pega por eles.

— Mas...?

— Mas *gosto* do estilo deles — disse ela, sorrindo. — Você não?

Outra vez, abri a boca, mas a fechei antes de falar. Era verdade: o anticliente *tinha* estilo. Eles eram interessantes e usavam isso de um modo diferente e estranho. Depois de passar anos estudando como os Inovadores mudavam o mundo, concluí que se tratava sempre de um processo indireto, por meio de sugestão, filtrado por Caçadores de Tendências, Criadores de Moda e, no fim da cadeia, pelas grandes corporações. Os Inovadores mesmo permaneciam invisíveis. Como numa epidemia: o paciente zero é sempre o sujeito mais difícil de se achar. Por isso, havia algo de fascinante em ver um Inovador agindo diretamente. O anticliente estava filmando anúncios, assumindo o controle de festas de lançamento e criando uma campanha de marketing exclusiva e incomum.

Eu queria ver o que fariam em seguida.

— Talvez — admiti. — Mas o que você acha que eles querem?

— No longo prazo? — Jen bebericou o café. — Acho que você estava certo em relação às pedras.

— O anticliente quer jogar pedras?

— Não. Quer dizer, talvez algumas, aqui e ali. Mas o que acho que eles querem mesmo é soltar o pavimento, o cimento que mantém a rua em seu lugar.

Franzi a testa. Aquela linha de raciocínio começava a me causar uma dor de cabeça do tipo *paka-paka*.

— Será que você podia desenrolar um pouco essa metáfora?

Jen segurou minha mão.

— Você sabe de que cimento estou falando. Aquela que controla como as pessoas pensam, como enxergam o mundo.

— A publicidade?

— Não só a publicidade. Todo o sistema: as categorias de marketing, as fronteiras entre as diferentes tribos, todas as estruturas nas quais as pessoas acabam presas. Ou das quais são mantidas afastadas.

Balancei a cabeça, discordando.

— Não sei. O número zero da *Hoi Aristoi* está mirando num alvo muito fácil. O que estão dizendo? Que garotos ricos e mimados são ridículos? Não é exatamente o que se pode chamar de visão revolucionária.

— Então você vai contar à Hillary Hífen o que viu na Movable Hype? Com os contatos que ela têm, provavelmente poderia parar tudo antes mesmo que a revista chegasse à gráfica.

Dei uma risada.

— Claro que não.

— Viu só? Porque você quer ver a revista chegando às pessoas. Quer ver o que vai acontecer. Todo o mundo que receber um exemplar vai devorar cada página, até mesmo os coitados que aparecem nas fotos. Porque é informação de fora do sistema. E todos estamos loucos por isso.

— E o que eles lucram com isso? — perguntei.

— Eu já disse: isso ajuda a soltar o cimento que está segurando as pedras no chão.

— Para poderem jogar mais pedras?

— Não, Hunter. Você não entende? O anticliente não quer apenas arremessar pedras. Eles querem que a rua inteira se desfaça. E querem isso para que *todo mundo* comece a arremessar pedras.

Poucos minutos depois, ouvimos uma buzina do lado de fora: uma limusine comprida esperava numa sombra de fim da tarde. Quando chegamos perto, um dos vidros traseiros, totalmente escuro, desceu alguns centímetros, e uma mão roxa se estendeu para fora, segurando uma folha de papel solitária. Senti o ar frio de dentro do carro e encarei de relance um rosto ainda mais frio: um jovem e roxo *hoi aristoi* me observava do banco de trás.

A janela se fechou e o rosto desapareceu. Jen deu uma olhada no papel, enquanto eu via o carro retornando tranqüilamente para o trânsito, levando seu ocupante de volta aos limites bem protegidos do Upper East Side.

— Os nomes são previsíveis — comentou Jen, segurando a valiosa folha.

A lista estava impressa no estilo *Hoi Aristoi*: papel verde-claro com detalhes dourados e tinta roxa bem viva. Todos os nomes óbvios estavam lá: uma certa fabricante de bolsas excessivamente caras, um banco num certo paraíso tropical conhecido pela ausência de impostos, o comitê nacional de um certo partido político. Mas um nome se destacava como uma aranha viúva-negra num pedaço de pão.

— Dois-por-Dois Produções.

— Parece familiar? — perguntou Jen.

Lembrei das palavras de Hiro ao relatar a partida de Mwadi Wickersham por causa dos patins *in-line*: *dois-por-dois ou a morte*.

Não consegui evitar uma risada.

— Talvez tudo isso seja *mesmo* por causa das rodas.

CAPÍTULO
VINTE E NOVE

QUANDO OS CAVALHEIROS INGLESES SAÍAM PARA CAÇAR, HÁ muito tempo, às vezes gritavam a plenos pulmões: "Soho!". (Não sei muito bem por quê. Talvez Soho fosse irmão do Tallyho, outro grito que eles costumavam dar, ou algo assim.) Muito tempo depois, quando as áreas de caça dos ricos perto de Londres foram pavimentadas para receber lojas, teatros e clubes noturnos, um gênio do mercado imobiliário decidiu batizar a badalada nova região de "Soho".

Mais tarde ainda, um pedacinho abandonado da área industrial de Nova York, ao sul da Houston Street, começou a ser revitalizada com lojas, teatros e clubes noturnos, e outro gênio do mercado imobiliário decidiu rebatizar a badalada nova região de "SoHo", que seria uma espécie de abreviação em inglês de "ao sul da Houston".

Logo todo mundo entrou na onda. O pessoal que morava ao norte da Houston Street dizia que vivia no "NoHo" (*North Houston*); o pessoal da baixa Broadway chamava-a de "LoBro" (*Lower Broadway*); e a área ao norte de onde a entrada do túnel Holland engolia suburbanos cansados era conhecida como *Nowheresville*.

Tantos gênios do mercado imobiliário e não havia uma praga sequer para cuidar deles.

Hoje em dia, quando jovens antenados estão atrás de lojas, teatros e clubes noturnos, costumam gritar "Dumbo!", acrônimo em inglês que significa Embaixo da Passagem da Ponte de Manhattan, uma região de fábricas em ruínas e paisagens industriais conhecida como último refúgio de quem realmente continua na moda. Nesta semana.

E é assim que se chega lá:

Pegamos a linha F até a York Street, o lugar mais moderninho do Brooklyn. O vagão estava tranqüilo: apenas as habituais figuras carregando *cases* de guitarra e laptops, cheios de tatuagens e piercings, todos voltando de seus trabalhos como designers/escritores/artistas/estilistas. Até reconheci um que freqüentava nosso café — provavelmente um dos caras que escreviam seus primeiros romances ambientados em cafés.

Subimos as escadas para sair do metrô e andamos pela York Street. À esquerda, a ponte de Manhattan projetava-se sobre o rio. Para variar, não senti aquela leve aflição de não estar em Manhattan. Já que o anticliente era obra de Caçadores de Tendências renegados, fazia sentido a caçada acabar naquele lugar. A maioria dos moderninhos havia descido do trem conosco, acendendo cigarros e verificando celulares, enquanto desapareciam pelas ruas antigas e prédios industriais reformados. Eu torcia sinceramente para que aquela vizinhança continuasse na moda quando chegasse a hora de deixar a casa dos meus pais, mas não acreditava realmente naquilo.

Provavelmente sairia soltando um grito de "NovaJerZo" quando finalmente pudesse comprar um imóvel próprio.

A York Street virava à esquerda, levando à Flushing Avenue e passando pelo antigo estaleiro da Marinha e atual parque industrial do Brooklyn, onde ficava a Dois-por-Dois Produções.

Eu tinha visto fotos daquela área no Museu de História Natural, durante minha passagem pela sala dos meteoritos. O pedaço gigante de ferro vindo do espaço que me serviu de proteção havia permanecido alguns anos ali, cerca de um século antes, enquanto as pessoas pensavam no que fazer com uma lembrança espacial de 34 toneladas. Imaginei se o meteorito teria atraído as bússolas dos navios próximos e se aquele canto do Brooklyn não seria um dos pontos místicos que atraíam coisas estranhas. Afinal de contas, a área era conhecida pelo nome de um elefante voador.

Mas o parque industrial não tinha mais meteoritos, estaleiros ou qualquer tipo de navio. Os imensos prédios usados na construção das embarcações haviam sido transformados em estúdios de cinema, escritórios e gigantescos espaços abertos para as companhias que criavam cenários para musicais da Broadway.

— Gostaria de saber por que o anticliente precisa de tanto espaço — disse Jen, enquanto andávamos pelo local.

— Pergunta preocupante. Dá para esconder qualquer coisa aqui. Uma frota de aviões, uma nuvem de gafanhotos... uma casa de subúrbio com gramado.

— Meu Deus. E você acha que *eu* sou meio esquisita.

Acabamos parando numa guarita. Perguntamos como encontrar a Dois-por-Dois Produções. O guarda tirou os olhos de sua minúscula televisão e nos examinou de cima a baixo.

— Estão fazendo teste de elenco de novo?
— Ahn... estão, sim.
— Achei que estivessem saindo daqui na segunda.
— Esse é o plano — disse Jen. — Mas queriam nos ver imediatamente.
— Certo.

Ele pegou um bolo de mapas do parque industrial, rabiscou um X vermelho no de cima e nos entregou, enquanto seus olhos se desviavam de volta para a televisão. Quando saímos, Jen estava furiosa.

— Teste de elenco? Não acredito que ele nos confundiu com atores. (A maioria dos Inovadores não gosta de atores, que, por definição, não passam de imitadores.)

— Não sei, não, Jen. Você teve uma atuação bastante convincente lá dentro. — Ela me olhou irritada. — É claro que eles podiam estar rodando um comercial para os tênis — acrescentei.

— É, acho que nesse caso ficaria interessada. Mas imaginarem que fomos enviados pela agência de talentos...

Jen estremeceu.

Como era sábado, o parque industrial estava praticamente deserto. Os amplos espaços abertos me causavam confusão, depois de tanto tempo nas ruas estreitas de Manhattan. Passamos por baixo de arcos gigantes de metal enferrujado, com a pintura descascando, e percorremos trechos de asfalto marcados por ondulações por causa dos antigos trilhos que haviam sido cobertos. O passeio continuou por fileiras de antigas fábricas abandonadas e galpões pré-fabricados de metal, todos equipados com ar-condicionados barulhentos.

— Chegamos — anunciei.

O nome Dois-por-Dois Produções estava estampado numa grande porta de correr instalada num antigo prédio de tijolos aparentes com espaço suficiente para esconder um navio de guerra.

Senti meus nervos entrando em polvorosa: aquele era o momento em que Jen assumiria o controle, nos levando a alguma aventura perigosa — e provavelmente ilegal — para entrarmos.

Não havia sentido em resistir ao destino.

— E então? Como vamos entrar?

— Quem sabe assim? — Jen segurou o imenso puxador da porta e a abriu. — É, funcionou mesmo.

— Mas isso significa que...

Com um gesto, Jen indicou que já sabia. Ela ergueu seu bracelete Wi-Fi, que começou a piscar. Usando a unha, apertou um pequeno botão para desativá-lo. Em seguida, sussurrou:

— Significa que estão aqui, provavelmente arrumando as coisas para a mudança. É melhor ficarmos quietos.

Na parte de dentro, estava um breu.

Avançamos lentamente em meio a objetos indefinidos, engolidos pelo silêncio da escuridão. Jen esbarrou em algo que se arrastou ruidosamente no piso de concreto. Nós dois ficamos paralisados, até que o eco se dissipou, sugerindo que havia um amplo espaço vazio ao nosso redor.

À medida que meus olhos se acostumavam à escuridão, o conjunto de objetos começou a me parecer meio familiar, como se eu já tivesse visitado aquele lugar. Forcei a vista para conseguir enxergar melhor os contornos. Passávamos por um pequeno grupo de mesas com cadeiras viradas em cima.

Estiquei o braço e, com um puxão, fiz Jen parar.

— Você acha que isto aqui se parece com o quê?

— Sei lá. Um restaurante fechado?

— Ou um cenário montado para parecer um restaurante. Como aquele do anúncio do Pu-Xam. — Passei os dedos por cima das cadeiras, tentando relembrar o comercial. — Onde o cara pede uma costela de corpo.

Jen examinou o ambiente em volta.

— Tem certeza?

— Não. — Apertei os olhos na escuridão para que as formas se definissem diante de mim. — Aquelas coisas ali são cadeiras de um teatro antigo?

— Por que seriam?

— Havia uma cena no teatro. O lanterninha ficava todo enrolado para falar.

— Por que construiriam um teatro dentro de um estúdio? — Jen não conseguia acreditar. — Estamos em Nova York, a terra dos teatros, e eles não conseguiram arranjar uma locação?

— Ahm... — Caminhei até as cadeiras. Havia apenas cinco ou seis fileiras, com dez lugares cada, e uma cortina de veludo vermelho ao fundo. Jen estava certa. Parecia um gasto desproporsitado numa cidade cheia de teatros de verdade. Isso sem falar dos restaurantes. — Talvez quisessem ter a situação sob controle. Segredo absoluto.

— Talvez sejam simplesmente malucos — disse Jen.

— Disso eu não tenho dúvida...

— *Shhh!*

Jen ficou totalmente imóvel na escuridão. Depois, discretamente, ergueu a cabeça, apontando para a esquerda.

Ouvi uma voz ecoando pelo ambiente cavernoso.

— É quem eu estou pensando? — sussurrou Jen.

No escuro, olhei na direção de onde vinha o som, ouvindo atentamente. Um tênue feixe de luz surgiu do outro lado do estúdio. A claridade, vinda de baixo de uma porta, oscilava com a passagem de uma pessoa. Continuávamos ouvindo a voz, dissipada pela distância, mas ainda com um tom estridente absolutamente familiar.

Era Mandy Wilkins. E parecia muito irritada.

CAPÍTULO TRINTA

MINHA VOZ SAIU MAIS BAIXA DO QUE UM SUSSURRO:
— Fique quieta.

Naquela confusão de silhuetas e sombras, ficar quieto significava andar devagar. Caminhamos como mergulhadores de águas profundas, dando passos em câmera lenta e agitando as mãos diante de nós, na escuridão. Quando nos aproximamos, com os olhos ainda em processo de adaptação, a luz debaixo da porta pareceu ficar mais intensa. A textura do piso de concreto tornou-se mais nítida; as irregularidades, iluminadas pela luz lateral, assemelhavam-se a crateras lunares.

Gradualmente comecei a notar que havia outras portas ao longo daquela parede do estúdio. A maioria estava no escuro, mas algumas deixavam passar um pouco de luz por baixo. Outros sons chegavam abafados através da parede: grunhidos e objetos pesados sendo arrastados sobre o piso irregular. Vi algumas escadas de metal que desapareciam na escuridão acima de nós, onde uma passarela se estendia até o lado de fora do estúdio, conectando-se a uma estrutura de aço com holofotes e equipamentos de som pendurados.

A primeira porta que tínhamos visto destacava-se, com a luz que passava pelas frestas brilhando intensamente, e eu imaginei uma lâmpada de interrogatório virada para o rosto de Mandy por cima de uma mesa totalmente vazia.

Consegui ouvir uma frase em meio ao que ela dizia numa voz abafada.

— Acho que vocês entenderam tudo errado!

A resposta foi muito baixa e tranqüila para que eu pudesse entender alguma palavra, mas soou friamente ameaçadora.

Houve um barulho de cadeira sendo arrastada e depois de passos.

Jen jogou-se atrás de um equipamento de grande porte e acenou freneticamente para que eu a seguisse. O feixe de luz perdeu intensidade com a aproximação de alguém.

Em pânico, fui silenciosamente para perto de Jen e me agachei ao seu lado bem na hora em que a porta se abriu, espalhando um arco de luz pelo gigantesco estúdio. Botas de vaqueiro e tênis do cliente, um modelo vermelho e branco, surgiram no meu campo de visão: o Homem da Nascar (também conhecido como Futura Garamond) escoltava Mandy pela imensidão de concreto cinzento.

A escuridão envolveu seus corpos quando a porta se fechou, mas logo uma fileira de refletores se acendeu, lançando luz em cima deles. Jen me puxou mais para trás do equipamento que nos servia de esconderijo, bem na hora em que Futura Garamond olhou em nossa direção, com a mão ainda no interruptor.

Engoli em seco, encostado em Jen, sentindo meu coração bater num ritmo acelerado. Teria ele ouvido meus passos? Visto nossos vultos?

— Tem alguém aí? — gritou ele.

Ficamos parados como estátutas até ele balançar a cabeça e continuar conduzindo Mandy a uma porta a uns dez metros de distância. Ela entrou sozinha, enquanto Garamond soltava a porta, que se fechou com um clique.

— Daqui a pouco eu volto — disse ele, detrás da porta, antes de se virar, subir uma das escadas e desaparecer.

As botas de caubói faziam barulho na estrutura de metal. Olhando para cima, através da passarela, acompanhamos Garamond passar ruidosamente bem acima de nossas cabeças. Mas logo o som dos seus passos sumiu.

Jen e eu permanecemos quietos por um instante, quase abraçados. Talvez ele ainda estivesse ali, olhando para baixo. Esperando que aparecêssemos. Ou talvez a passarela levasse a outra parte do galpão.

Depois de segundos intermináveis de espera, Jen disse:
— Vamos lá.

Fomos até a porta pela qual Mandy havia desaparecido. Eu não parava de olhar as lâmpadas pendentes lá em cima. Me sentia nu sob a luz, mas Garamond, onde quer que estivesse, poderia notar se a desligássemos.

Jen segurou a maçaneta cuidadosamente e a girou com a sutileza de um arrombador de cofres.

Ela balançou a cabeça, contrariada: estava trancada.

Encostei a orelha no metal gelado, mas não ouvi nada. Devia ser o lugar onde mantinham Mandy entre os interrogatórios. O que pretendiam? Descobrir os segredos de marketing do cliente? Saber de alguma irregularidade em suas operações no exterior? Saber mais sobre *mim*?

O que o anticliente queria de Mandy não interessava: era hora de resgatá-la. E rápido. Futura Garamond disse que voltaria.

Com uma expressão de dúvida, Jen gesticulou como se quisesse bater na porta.

Na mesma hora, fiz que não com a cabeça. A última coisa de que precisávamos era Mandy gritando, perguntando quem estava ali. Sua voz aguda era famosa pela capacidade de atrair a atenção de grupos de discussão indisciplinados.

Fiz um gesto de dar um soco, e Jen concordou. Teríamos de derrubar a porta.

Infelizmente, tínhamos esquecido de levar um aríete. A porta de metal, pintada de cinza, parecia inabalável. E, assim que déssemos a primeira pancada, teríamos companhia. Precisávamos atravessá-la, arrancar Mandy lá de dentro e sair correndo para o outro lado do estúdio.

Olhei ao redor em busca de alguma coisa com que pudesse bater na porta. Localizei um extintor de incêndio pendurado num canto.

Jen entrou na minha frente, reprovando minha idéia. Apontou para o lugar em que havíamos nos escondido.

Com a luz ligada, pude ver claramente o equipamento atrás do qual tínhamos nos agachado. Era um carrinho pesado usado para filmar tomadas em movimento. Presa à ponta, havia uma grua, em que a câmera se encaixava.

Dei um sorriso. No fim das contas, conseguimos um aríete.

Na ponta dos pés, fomos até o carrinho e o empurramos. Ele deslizou suavemente, graças aos pneus de borracha, desenhados para garantir uma viagem tranqüila e silenciosa à câmera.

Jen e eu trocamos sorrisos. Era perfeito.

Apontamos o carrinho para a porta, mirando a grua bem no meio.

— Um... dois... três... — contou Jen.

Jogamos nosso peso contra o carrinho, que, projetado para deslizar rápido, logo ganhou velocidade e começou a percorrer a distância até o alvo.

Quando faltavam cerca de cinco segundos para o impacto, a porta se abriu.

Mandy apareceu, de pé, sem saber o que acontecia. Uma luz intensa saía do pequeno quarto atrás dela. Tentei frear, mas nosso aríete escapou das minhas mãos, continuando descontrolado em sua trajetória.

— Que merda é es...? — balbuciou Mandy, enquanto o carrinho avançava rapidamente em sua direção.

No último segundo, ela tomou a atitude mais sensata e fechou a porta.

A batida do carrinho na porta produziu um estrondo metálico, como um automóvel acertando uma caçamba de lixo em alta velocidade. O ruído ecoou pela imensidão do lugar. A porta ficou toda amassada, envolvendo a grua do mesmo modo que um estômago recebe um soco.

— *Mandy!* — gritei, enquanto corria na direção do quarto.

Depois que Jen e eu puxamos o carrinho apressadamente, a porta balançou para frente, desprendeu-se das dobradiças e caiu no chão.

Mandy estava de pé, no interior do pequeno quarto, olhando para nós dois. Percebi que ela tinha escapado do carrinho descontrolado subindo numa privada: ela estava num banheiro. O encanamento, imperturbável, continuava fazendo um barulho de água corrente.

— Você está bem? — gritei.
— Hunter? Que diabos você está faz...?
— Não temos tempo! — berrei, pegando-a pelo braço.

Naquele momento, Jen já atravessava o estúdio, deixando a iluminação dos refletores para retornar à escuridão. Fui atrás dela, arrastando Mandy, que estava totalmente atordoada. Dei caneladas em vários obstáculos enquanto corríamos até a grande porta deslizante do estúdio.

Os ruídos de confusão começaram atrás de nós: portas se abrindo e luzes sendo acesas. Se ao menos conseguíssemos chegar até a guarita da entrada ou simplesmente sair daquele lugar...

— Hunter! — gritou Mandy, tentando parar.
— Continue correndo! — retruquei.

Ainda tentei puxá-la, mas ela fincou os pés no chão e me obrigou a parar.

Virei para trás, e ficamos cara a cara.

— O que está *fazendo*? — gritou Mandy.
— Resgatando você!

Ela olhou para mim por um instante interminável. Em seguida, suspirou e balançou a cabeça.

— Ah, Hunter, você é tão ontem.

Depois disso, o mundo pareceu explodir, com fileiras de holofotes barulhentos e poderosos lançando luz sobre nós, de todas as direções.

— Ai, que merda — ouvi Jen dizer.

Cobri os olhos para me proteger, mas as luzes já haviam me cegado. Ouvi sons de passos e patins se aproximando de nós.

Jen estava certa. Que merda.

CAPÍTULO TRINTA E UM

UMA VOZ IMPONENTE SAIU DE TRÁS DA BARREIRA DE LUZES ofuscantes.

— Ora, Hunter Braque, o garoto branquelo e magricela que a mãe não teve tempo de vestir direitinho.

Mesmo cego e assustado, fiquei revoltado com a injustiça daquela análise do meu visual. Eu podia estar usando calça de veludo cinza e camiseta cor-de-chiclete-mastigado, mas era só para ficar socialmente invisível.

— Estou *disfarçado* — protestei.

— É, parece mesmo — disse uma voz mais grave, vinda da direção oposta.

Era o homem careca.

— E quem mais temos aqui? — perguntou a primeira voz.

Ouvi barulho de patins sobre o chão de concreto. Com esforço, abri os olhos e vi Mwadi Wickersham deslizando graciosamente diante da luz que queimava minha retina. Notei mais pessoas em torno de nós, bloqueando todas as possíveis rotas de fuga. O boné de caminhoneiro e as botas de caubói de Futura Garamond saíram da frente dos holofotes. Ele olhou para os pés de Jen.

— Ei, olhem só isso, são aqueles cadarços — disse.

Houve um murmúrio de reconhecimento entre nossos captores.

— É mesmo — respondeu Mwadi Wickersham, olhando por trás dos óculos escuros, de cima de seus patins. — Você inventou isso sozinha, querida?

Jen olhou meio torto para ela.

— Foi, sim. Você está falando do *nó do cadarço*?

— Mandy tinha uma foto com ela. Temos falado muito desse nó. — Mwadi parecia uma rainha arrogante satisfeita com a atitude de um súdito. — Belo trabalho.

— Ahm, obrigada.

— Deixe-nos ir embora! — exigi, se é que se pode exigir alguma coisa com uma voz tão aguda.

Mwadi Wickersham virou-se para mim e disse:

— Não até assinarmos um contrato.

Voltei-me para Mandy, que me lançava o olhar reservado às pessoas que insistem em dizer que os catadores de mariscos estão de volta.

— Co-como é? — gaguejei. — Que contrato?

— O maior contrato da minha carreira, Hunter. — Ela suspirou. — Acha que você consegue *não* estragar tudo?

Estávamos sentados numa das mesas do falso restaurante: Jen e eu, Mwadi Wickersham, Mandy e Futura Garamond. Havia outros comparsas de pé, por perto, meio escondidos pelas fileiras de refletores. Notei o brilho do cabelo prateado da Mulher do Futuro Sarcástico e a silhueta do homem careca.

Sua postura alerta sugeria que deixar o local não era uma opção. Daquela ilha de claridade, o estúdio parecia se estender por quilômetros em cada direção, emprestando um eco grandioso às nossas palavras.

— Então você não foi seqüestrada? — perguntei pela terceira vez a Mandy.

— Bem... no começo, acho que sim.

Com o olhar, ela pediu ajuda a Mwadi Wickersham, para responder a pergunta.

Quando Wickersham tirou os óculos escuros, fiquei impressionado. Seus olhos eram verdes como os de Jen, porém mais penetrantes, reduzidos a riscos sob aquela luz intensa. Estava usando camiseta sem manga, calça jeans desbotada e sem marca, cinto preto largo e colar de ouro falso no pescoço: uma garota que gostava de roupas masculinas da época do *break*. Se fosse inverno, bastaria acrescentar uma jaqueta de couro. Pelo histórico da caça às tendências, eu sabia que qualquer um que tivesse crescido no Bronx durante a década de 1980 usava um uniforme típico de Exilado Sem Marca.

Ela botou os óculos na mesa, sem pressa para responder. Era dona daquela autoridade inquestionável que se alcança por ser de uma geração mais antiga, porém ainda totalmente na moda.

— Decidimos fazer um acordo — contou Mwadi.

— Você barganhou com o cliente? — perguntou Jen, chocada.

— Claro. Eu já tinha perdido o elemento surpresa mesmo. E eles os queriam.

— Isso é verdade — disse Mandy.

— Esperem. Eles queriam o quê?

— Você se vendeu — disse Jen a Mwadi.

A sensação que eu tinha era de estar lendo legendas que não se encaixavam ao diálogo.

— Hein?

— Não era para ter acabado desta forma — disse Wickersham, meio desgostosa. Dava para ouvir seus patins rolarem sob a mesa acompanhando o vaivém incessante dos pés.

— Trabalhamos nesses tênis durante dois anos, até deixá-los perfeitos. Queríamos lançá-los com a logomarca alternativa. Mas alguns colegas acharam que eles eram legais *demais*. Uma das teorias era de que faríamos o cliente voltar à moda por associação.

— Mais ou menos como o Tony Bennett se autoparodiando — comparou Jen.

Comecei a entender. Parte daquela história estava ficando mais clara.

— Quando vimos os tênis pela primeira vez, nem sabíamos se eram falsificações ou se era uma auto-referência. Quer dizer que você ficou nervosa, achando que o tiro poderia sair pela culatra?

— Não fiquei nervosa — respondeu Wickersham, num tom que sugeria que aquilo nunca acontecia. — Mas algumas pessoas ficaram, e tomaram providências por conta própria. É isso que dá trabalhar com anarquistas.

— Elas ligaram para a polícia? — perguntou Jen.

— Alguém ligou para o cliente — contou Mandy. — Denunciou um carregamento de produtos piratas. Antes de avisar a polícia, a diretoria mandou um representante ao local para dar uma olhada nos tênis. Um cara chamado Greg Harper.

— Seu chefe — completei. — E, quando ele botou os olhos nos tênis, deve ter percebido que estava diante de piratas melhores do que os originais.

Mandy riu.

— Um engravatado como ele não soube lidar com a situação. Então resolveu pedir ajuda a gente acostumada a questões práticas. Acabei sendo escolhida para resolver o problema.

— E você ligou para mim e para Jen — lembrei.

Com o boné caindo da cabeça, Futura Garamond resolveu falar. (O logotipo do boné era a clássica silhueta de mulher nua encontrada em protetores para pneus de carretas, uma opção ultrapassada que, para mim, era bastante corajosa de sua parte.)

— Nessa hora, já sabíamos o que tinha acontecido. Então decidimos dar um sumiço nos tênis até que as coisas se acalmassem. Mas Mandy chegou na hora em que estávamos cuidando da retirada. Algumas pessoas entraram em pânico.

Ele e Wickersham lançaram olhares de reprovação na direção do homem careca. Mas este não ligou muito.

— Vocês sabem que tive de improvisar. Deixei os tênis lá e trouxe Mandy para cá. Acabou dando certo.

— Então você seqüestrou Mandy *mesmo* — disse Jen.

— Já disse, tive de improvisar.

Voltei-me para Mandy.

— Mas, então, você acabou negociando com eles?

O tom da minha voz era de incredulidade. Porém, com toda sinceridade, chegar a um acordo com seus próprios seqüestradores soava perfeitamente condizente com a Mandy que eu conhecia e adorava. Podia até imaginá-la batendo na prancheta e repassando as questões contratuais, uma a uma.

— A senhorita Wilkins é uma negociadora muito esperta — reconheceu Wickersham, fazendo o Gesto para Mandy. — Percebeu que queríamos nos livrar dos tênis e o cliente queria comprá-los. E ofereceu um bom preço.

— Faltam só alguns pontos para fecharmos esse negócio. — Mandy olhou para o relógio. — Já teríamos acabado se vocês dois não tivessem aparecido para a operação de resgate.

— Puxa, desculpe — disse eu.

Um placar apareceu na minha mente: Detetives amadores, ainda zero.

— Mas como teve coragem de vender os tênis? — questionou Jen. — Eles vão direto para os shoppings!

Wickersham abriu os braços, como se não tivesse opção.

— O negócio da anarquia depende de dinheiro, garota. A operação *Hoi Aristoi* acabou estourando o orçamento.

A expressão de Jen mudou.

— E aquilo lá, como funcionou? — Ela se inclinou para a frente com os olhos arregalados como os de uma criança japonesa de dez anos. — Estou falando daquele lance do *paka-paka*. Você descobriu mesmo como reiniciar o cérebro das pessoas?

Mwadi Wickersham deu uma risada.

— Vá com calma, menina. *Gosto* de você, mas acabamos de nos conhecer. Além disso, *talvez* eu nem saiba do que você está falando. — Jen deu um sorriso meio envergonhado, mas luminoso por causa do elogio. Isso até Mwadi prosseguir: — A questão é: o que fazer com vocês?

Olhei para Jen de rabo de olho. Aquela pergunta também não saía da minha cabeça.

— Ahn, tenho certeza de que o cliente prefere que nos deixe ir embora — disse, olhando para Mandy.

Ela me encarou, ainda irritada, batucando com os dedos na mesa. Engoli em seco ao lembrar das histórias de trabalho infantil envolvendo o cliente...

Mwadi pigarreou.

— Nosso negócio está praticamente fechado, e não há qualquer menção a Hunter Braque no contrato. Ou a você, querida. Qual é seu nome mesmo?

— Jen James.

Num lampejo estranho e fora de hora, percebi que, até aquele momento, eu não sabia o sobrenome de Jen. Como eu disse, as coisas estavam acontecendo rapidamente.

— Bem, Jen James, talvez tenhamos trabalho para vocês dois.

— Trabalho? — perguntei.

Mwadi confirmou com a cabeça.

— Temos outras coisas em andamento, muitos planos que podemos tocar agora que dispomos de dinheiro. Vocês dois conhecem muito bem esse território. Se não conhecessem, nunca teriam chegado aqui.

— Que território? — perguntei.

Não tinha certeza nem do planeta em que estávamos.

Mwadi levantou-se da cadeira e ficou de pé sobre seus patins dois-por-dois. Em seguida, deu um giro, o que me fez lembrar do Hiro. Mas sua manobra era cheia de beleza e força, em vez da energia nervosa do meu amigo. Ela começou a patinar lentamente em volta da mesa, tranqüila como um cisne impulsionado pelo vento, recriando o mundo de fantasia do cliente (em sua própria versão esquisita), em meio aos feixes multicoloridos lançados pelos holofotes.

— Você conhece a pirâmide, não conhece, Hunter?

— Claro. — Desenhei o esquema no ar com dois dedos. — Os Inovadores no topo, embaixo deles os Criadores de Moda e depois os Primeiros Compradores. Os Consumidores na parte de baixo e os Retardatários espalhados pela base, mais ou menos como sobra de material de construção.

— Retardatários? — Enquanto me fuzilava com os olhos, ela parou, fazendo as tradicionais rodas de metal arranharem o chão de concreto como se fossem unhas. — Prefiro o termo *Clássicos*. O Rock Steady Crew ainda dançando *break* depois de 25 anos? Dando espetáculo todo dia, sem querer saber se o *break* está na moda ou não? Eles não são Retardatários.

— Tudo bem — concordei. — Os caras do Rock Steady Crew são Clássicos. Mas caras usando camiseta do Kiss para dentro da calça são Retardatários.

Vi um sorriso surgir em seu rosto.

— Posso aceitar isso. — Ela voltou aos seus círculos graciosos. — Mas a questão é que a pirâmide está em perigo. Você sabe disso.

— Sei?

— Por causa dos Caçadores de Tendências — intrometeu-se Jen. — E das pesquisas de mercado, das análises qualitativas e de outras porcarias. Eles arrancam a vida das coisas.

Mandy abriu os braços.

— Ei, fique quietinha.

— É mais ou menos isso mesmo — disse Wickersham. — Hunter, sua namorada sabe do que está falando. A antiga pirâmide gerou listas para malas-diretas e bancos de dados.

Agora, os lados estão muito escorregadios, e por isso nada mais parece colar. As coisas bacanas chegam aos shoppings antes de serem digeridas.

É claro que a única parte que meu cérebro processou daquela salada metafórica foi que alguém, além dos meus pais, havia se referido a Jen como minha namorada. Patético.

Conseqüentemente, só fui capaz de dizer uma palavra, bem expressivo:

— É...

— Achei que você tinha compreendido tudo — continuou Wickersham. — Enquanto esperávamos que nos encontrassem, lemos quase todo seu antigo blog e conseguimos informações sobre vários de seus amigos. Temos alguns dos maiores especialistas em engenharia social da história a nosso serviço.

— Ela fez um gesto para a Mulher do Futuro e, em seguida, virou-se de volta para mim. — Sabíamos que você era capaz, Hunter, e achamos que você tem consciência de que há algo de errado na pirâmide. Você a conhece desde os 13 anos.

Senti aquela coisa no estômago, a mesma do meu primeiro ano de escola em Nova York. As pedras da rua no meu estômago.

— É, acho que sim.

— Pois é. A pirâmide precisa de uma reforma. É preciso inovar com a criação de um novo nível na hierarquia — disse ela, com os olhos verdes brilhando sob a luz dos holofotes. — Algo que acalme as coisas novamente. Um redutor de velocidade. O que você sabe sobre os primeiros heróis, Hunter?

Meu conhecimento de história inclui muitos detalhes obscuros, porém poucas imagens mais completas.

— Primeiros heróis?

— Os primeiros Inovadores inventaram os mitos — disse Wickersham — antes que a religião fosse transformada em música de shopping para os Consumidores. Nessas histórias antigas, os primeiros heróis eram os enganadores, malandros e golpistas. A tarefa deles era bagunçar a natureza, mexer com o vento e as estrelas. Mexiam com os próprios deuses, revirando o mundo e criando o caos. — Ela parou. — Então, estamos tirando uma página dos livros antigos e acrescentando os Arruaceiros à pirâmide.

— Arruaceiros. — Os olhos de Jen se arregalaram. — O oposto dos Caçadores de Tendências.

Mwadi sorriu.

— Exato. Não queremos ajudar as inovações a descerem na pirâmide; apenas mistificamos o movimento. Vendemos confusão. Bagunçamos os anúncios até que os Consumidores não saibam mais o que é verdadeiro e o que não passa de piada.

— Soltando as pedras — disse eu, baixinho.

De repente, o chão pareceu tremer sob meus pés. E estava *mesmo* tremendo. Uma luz vermelha nos banhou quando a imensa porta do estúdio se abriu e deixou entrarem os últimos raios de sol do dia.

Destacadas na paisagem vermelha estavam as silhuetas de umas dez pessoas. Reconheci a da frente: era o aspirante a escritor do café, aquele que havia viajado no nosso vagão até Dumbo. Ele tinha nos seguido.

As outras figuras seguravam tacos de beisebol; suas cabeças e mãos estavam roxas.

Os *hoi aristoi* tinham chegado. E pareciam furiosos.

CAPÍTULO TRINTA E DOIS

MWADI WICKERSHAM DEU UMA GARGALHADA.

— Caramba, olhem só as cabeças deles. Aquele negócio funcionou bem *demais*.

— Vamos correr? — perguntou Futura.

Não havia alternativa.

— Parece que sim. Você leva Mandy. Eu pego esses dois. Nos vemos na fábrica. Luzes! — Em segundos, todas as luzes estavam apagadas, e mais uma vez eu não conseguia enxergar nada. — Venham comigo, crianças.

Uma mão forte me pegou pelo braço e me levantou. Logo depois eu estava correndo, seguindo o som dos patins que rolavam no concreto, no rastro de uma força irresistível que afastava os obstáculos invisíveis. Atrás de nós, ouviam-se gritos e coisas se quebrando, com nossos perseguidores tropeçando na confusão de cenários e equipamentos de iluminação. Os Arruaceiros já tinham quase sumido de vista — uma horda veloz e silenciosa que as luzes oscilantes revelavam de vez em quando.

Ouvi a respiração de Jen perto de mim e estiquei o braço para tentar encontrar sua mão. Nos apoiamos um no outro enquanto éramos conduzidos por uma curva fechada e depois por uma escada. Atrás de nós, os patins de Wickersham batiam nos degraus de metal. Saímos correndo pela passarela e passamos por uma porta na parede. Apareceu um longo corredor à nossa frente, mal-iluminado por uma fileira de clarabóias imundas. No fim do caminho, havia uma janela avermelhada pela luz do sol poente.

Mwadi nos ultrapassou de novo, como um raio sobre rodas, e antes que a alcançássemos abriu a porta de segurança. Ela passou pela saída de emergência, seguida por mim e por Jen. O peso de nós três fez a antiga escada se inclinar: Mwadi desceu os degraus, chacoalhando, enquanto a estrutura ia ao chão com um rangido lamentoso.

Assim que tocou o asfalto, ela fez uma curva, patinando furiosamente. Jen e eu olhamos um para o outro.

— Talvez devêssemos aproveitar para fugir — sugeri.

— Nós *estamos* fugindo.

— Não, estou falando de fugir do anticliente.

— Eles são os Arruaceiros, Hunter. Você não estava ouvindo? Não precisamos fugir; querem nos contratar.

— E se não concordarmos?

— Até parece.

Jen virou-se e saiu em disparada atrás de Wickersham. Não tive opção além de segui-la.

Depois da curva, vi Mwadi subindo por uma rampa para deficientes, até o portão de correr. Havíamos dado uma volta completa e retornado à entrada do estúdio. Ela empurrou o portão, fechou o enorme cadeado e enfiou uma lanterna no meio. Os *hoi aristoi* estavam presos na escuridão.

— Ainda bem que tudo isso é alugado — disse ela, descendo a rampa de novo. Avistamos uma limusine vazia que aguardava na entrada; o motorista devia estar lá dentro com o patrão. — Algum de vocês sabe dirigir?

— Não.

— Não.

Ela balançou a cabeça.

— Malditos garotos da cidade. Sei fazer ligação direta, mas *odeio* dirigir de patins.

Àquela altura, Jen já abria a porta do motorista.

— Tudo bem. Já joguei muito...

Jen mencionou uma série de jogos com o mesmo nome do crime que estávamos prestes a cometer.

— Por mim, está ótimo — disse Wickersham.

Em minoria, entrei no carro.

Em 2003, um estudo da Universidade de Rochester revelou que crianças que jogavam videogame durante horas a fio tinham mais coordenação entre as mãos e os olhos e reflexos mais apurados. Pais e educadores ficaram chocados e não acreditaram.

Os adolescentes que eu conhecia reagiram de forma diferente:

— *Dã*, novidade.

Jen dirigiu pelas ruas vazias do antigo estaleiro da Marinha num estilo radical, deixando marcas de pneu no asfalto quente. Só reduziu a velocidade, para ficar dentro da lei, quando passamos pelos portões e pegamos a Flushing Avenue.

Virei para olhar pelo vidro traseiro. Não havia sinal de perseguição.

— Tudo tranqüilo.

— E o resto do pessoal? — perguntou Jen.

— Ficarão bem — disse Wickersham. — A prática leva à perfeição.

Fui obrigado a perguntar:

— Vocês *praticam* fugir dos outros?

— Sabíamos que teríamos inimigos. Algumas organizações fazem simulações de incêndio. Nós fazemos simulações de que-merda-alguém-nos-encontrou. Agora, uma perguntinha para vocês dois: *como* alguém nos encontrou?

Houve um silêncio constrangedor.

— Bem, sabe, quando estávamos procurando vocês, pedimos ajuda de uma conhecida minha. Uma que tinha ficado com a cabeça roxa. Parece que ela ligou para todos os amigos, e eles ligaram para outros amigos, e alguém acabou nos seguindo.

— Foi o que imaginei. — Mwadi abanou a cabeça em reprovação. — E eu pensando que vocês eram muito espertos.

— A culpa é minha — disse Jen.

— Você não tem mais culpa do que eu — protestei.

Os nós dos dedos de Jen começaram a ficar brancos no volante enquanto ela dirigia, concentrada, pela Flushing Avenue.

— Fui eu que contei a Hillary o que estávamos fazendo.

— Aquilo foi só para conseguir a ajuda dela. Você não queria contar o que descobrimos, queria?

— Claro que não. Mas fui eu que dei a informação. Nem me ocorreu que Hillary poderia nos enganar.

— Pegue a esquerda — disse Wickersham. — E cale a boca por um instante.

Ela fez uma ligação pelo celular. Falava rápido e baixo ao mesmo tempo em que usava gestos para orientar Jen. Pensei no que estaria reservado a nós agora que estávamos em descrédito.

Porém, uma parte de mim se sentiu tranqüila: finalmente tínhamos respostas. As coisas haviam se encaixado e eram bem próximas das nossas teorias e visões *paka-paka*. Caçadores de Tendências renegados, uma Inovadora carismática, um movimento que queria abalar o mundo. Talvez Jen e eu conhecêssemos mesmo aquele território.

Era bom descobrir que, às vezes, as informações inúteis guardadas no meu cérebro tinham alguma importância; que meu mundo da fantasia correspondia, ao menos de vez em quando, ao mundo de verdade; que todo o tempo que eu havia passado interpretando os sinais ao meu redor não tinha sido um desperdício completo.

Talvez os sinais estivessem por perto antes mesmo de Mandy desaparecer, tão visíveis quanto as pedras na rua. Pessoas não aceitando mais serem forçadas, prontas para se rebelar. Talvez os Inovadores apenas direcionem algo que já exista. Talvez os Arruaceiros fossem simplesmente necessários.

E, o que quer que nos esperasse, pelo menos Mandy estava bem.

Recostei no banco e fechei os olhos, exausto. Não havia nada a fazer além de esperar o carro chegar aonde deveria chegar.

— Por ali.
Mwadi Wickersham fechou o celular.

Jen fez a curva, e entramos num beco. As laterais do carro raspavam nos montes de sacos de lixo. Chegamos a um pátio vazio, cercado de prédios abandonados por todos os lados, com suas janelas pretas nos observando como olhos sem vida. Um caminhão alugado já estava no local. Era o mesmo que tínhamos visto na Lispenard na véspera.

Duas pessoas jogavam caixas de tênis para fora. Pude ver o brilho das tarjas reflexivas quando alguns pares caíram no chão.

Uma terceira pessoa estava de pé ao lado da pilha crescente. Ela jogava gasolina sobre os tênis.

— Não — sussurrei.

A limusine parou bruscamente logo depois de passar por cima de uma garrafa. Mwadi pulou para fora e começou a deslizar no pátio cheio de detritos como se fosse um rinque de madeira.

Jen e eu corremos até a pilha de tênis.

— O que estão fazendo?

— Nos livrando dos produtos, como ficou combinado com o cliente — explicou Wickersham. — Eles só vão ficar com os protótipos e as especificações. A última coisa que querem é ver essas coisas aparecendo por aí.

— Vocês estão *queimando* os tênis? — gritei. — Eles deviam estar num museu!

Ela concordou meio triste.

— É isso mesmo. Mas, graças a vocês dois, nossa segurança foi comprometida. Temos de fazer isso de qualquer jeito.

Wickersham jogou um fósforo na pilha de tênis e, num instante, o cheiro de gasolina queimando chegou aos nossos narizes.

— Não! — gritei.

A onda de calor nos obrigou a nos afastar. O fogo se espalhava pela pilha de tênis rapidamente. Pedaços de caixas de papel saíam voando, carregadas pelo ar quente, e as belas formas dos tênis se revelavam. As linhas elegantes estavam retorcidas. As faixas refletoras brilhavam por alguns segundos em meio às chamas antes de ficarem totalmente pretas. O cheiro de plástico e lona queimados arrancava lágrimas ardentes dos meus olhos.

Jen tentou berrar algo, mas só conseguia tossir, com os punhos cerrados.

Querendo mais, a fogueira começou a sugar o ar ao nosso redor. Pedacinhos de papel rodopiavam perto dos meus pés, atraídos pelas chamas. Uma coluna de fumaça se levantava do pátio. Para meu desgosto, me dei conta de que aquela espessa nuvem negra *era* os tênis: algo lindo e original transformado numa fumaça disforme. Eu respirava aqueles tênis de sonho — e tossia por causa deles.

Aos gritos, Mwadi Wickersham dava ordens no celular, enquanto as últimas caixas eram jogadas no fogo, bem diante dos meus olhos. Fui obrigado a chegar mais para trás pelo calor, incapaz de combater aquele incêndio. Os tênis estavam indo embora... e se foram.

CAPÍTULO
TRINTA E TRÊS

ELES NOS DEIXARAM POR LÁ.

— Gostaria que pudéssemos trabalhar juntos, mas vocês trazem muitos riscos — disse Mwadi, subindo no caminhão.

— Não tivemos a intenção de levá-los a vocês. — O rosto de Jen estava coberto de fuligem e marcado por lágrimas. — Só estávamos tentando arrancar informações.

— No final, foram eles que enganaram vocês.

— Juro que teremos mais cuidado da próxima vez.

— É bom mesmo terem cuidado. Os cabeças roxas vão ficar de olho. Vocês são a única ligação entre eles e nós. Isso os torna úteis para operações futuras.

— Mas conhecemos o território, como você mesma disse.

— Isso mesmo. E os cabeças roxas sabem que vocês conhecem. Se continuarem atrás de nós, vão levá-los direto à nossa porta.

— Mas...

— Esqueça que existimos, Jen James. Finja que isto tudo nunca aconteceu. — Ela sorriu. — Se fizer tudo direitinho, posso incluí-la em nossa mala-direta.

Mwadi bateu com o patim na carroceria de metal. Aquele som derradeiro foi o sinal para o caminhão entrar em movimento, contornar a pilha de tênis lentamente e sair do pátio em direção ao beco.

Jen deu alguns passos atrás do caminhão, como se quisesse argumentar mais um pouco, mas não abriu a boca. Ficou de pé, em silêncio, até o barulho do motor desaparecer na distância.

Quando o caminhão sumiu de vista, ela se virou e olhou para a pilha de tênis queimados.

— Deve ter sobrado alguma coisa.

— O quê?

— Pedaços, pistas. — Ela foi até o monte e, aos chutes, espalhou parte das cinzas. — Talvez possamos achar um pedaço da lona, ou um ilhó, ou um dos cadarços.

Tive vontade de rir. Com tudo reduzido a pó, Jen havia voltado às suas origens: os cadarços.

Ela caiu de joelhos diante da fogueira fumegante. As mãos tentavam revirar o que havia restado enquanto o rosto se protegia do calor que ainda saía do monte de plástico queimado.

— Jen...

— Talvez encontremos até um tênis inteiro. Nos incêndios de casas, eles sempre acham alguma coisa estranha que o fogo não...

A fumaça e as cinzas não deixaram que ela completasse a frase. Jen levou as mãos ao rosto, deixando marcas pretas em suas bochechas. Depois de se recuperar, cuspiu alguma coisa preta.

— Jen, você ficou maluca? — Ela olhou para mim, claramente pensando por que eu não estava agachado com ela. — O que está fazendo?

— O que parece que estou fazendo? Estou procurando os malditos tênis, Hunter. É o que temos feito o tempo todo!

Balancei a cabeça.

— Eu estava procurando Mandy.

Ela abriu os braços.

— Acontece que ela estava muito bem. Provavelmente vai ser promovida. Quer desistir agora? Só porque Mwadi Wickersham disse para desistirmos?

Suspirei e fui até o monte, sentindo o calor das cinzas sob as solas dos sapatos. O sol havia ido embora, e a única luz no pátio vinha do meio da fogueira, ainda incandescente. Fiquei de joelhos, ao lado de Jen.

— Desistir de quê?

— De procurar.

— Procurar o quê? Os tênis já eram.

Ela pareceu tão contrariada quanto uma menina de 12 anos forçada a se mudar para Nova Jersey. Seu rosto dizia que a resposta não podia ser expressa em palavras — e que só um idiota pensaria que era possível. Estava à procura de uma imagem perdida: a coisa mais difícil de se achar no mundo.

Falei num tom suave:

— Jen, talvez seja melhor assim.

— Melhor?

— Pense bem: você quer mesmo trabalhar para esses caras? Levar adiante os grandes planos dos Arruaceiros? Passar cada minuto da sua vida pensando que é sua obrigação mudar o mundo?

Ela me encarou com olhos faiscantes.

— Isso é exatamente o que quero.

— Sério?

— É o que sempre quis. — Ela mexeu nas cinzas de novo, levantando uma nuvem negra que nos envolveu e me obrigou a virar o rosto e a fechar os olhos. — O que você pretende fazer, Hunter? Continuar assistindo a anúncios por dinheiro? Participar de discussões de grupo e discutir se os meiões estão voltando à moda? Roubar um novo estilo de cadarço? Ficar apenas *assistindo* em vez de fazer algo acontecer?

— Não fico apenas assistindo.

— Não, você tira fotos e as vende. Teoriza e lê muito. Mas não *faz* nada.

Meus olhos se abriram ao máximo.

— Não faço nada?

Com certeza, eu sentia que estava fazendo coisas, pelo menos naqueles dois últimos dias. Desde que havia conhecido Jen.

— Não, não faz. Você assiste. Analisa. Acompanha. É dessa parte da pirâmide que você mais gosta: a parte de fora. Olhando para dentro. Mas você tem medo de mudar qualquer coisa.

Engoli e senti um gosto de fumaça. Parecia torrada queimada. Nenhuma palavra de negação veio aos meus lábios, porque, na verdade, ela estava certa. Eu havia seguido cada passo dela até ali. Sempre que estava disposto a desistir, ela se adiantava e dava o passo seguinte. Como os Caçadores de Tendências sempre fizeram, agarrei-me à iniciativa de Jen, sua busca obstinada pelo misterioso e apavorante.

E, no fim da história, eu sequer tinha feito a única coisa em que *sou* bom: observar. Não percebi que alguém nos seguia e deixei que Jen fosse usada por um bando de cabeças roxas. Por isso, não lhe restou nada, além de cinzas.

Lembrei de quando eu tinha enviado as fotos dos cadarços para Mandy. Vendi Jen logo na primeira vez que a vi. Eu não passava de uma fraude. Como havia ficado claro assim que saímos de Minnesota, não havia nada de legal a meu respeito.

Eu não fazia parte dos Arruaceiros e não merecia ficar com Jen.

— Certo. Vou sair do seu caminho...

Fiquei de pé.

— Hunter...

— Não, realmente quero ficar fora do seu caminho.

Nunca tinha ouvido minha voz tão ríspida ou sentido uma dor tão forte no estômago. Saí de perto dela.

Antes mesmo de chegar ao beco, ouvi Jen de volta ao trabalho, revirando o monte de cinzas.

CAPÍTULO TRINTA E QUATRO

— JÁ LAVOU AS MÃOS?
— Já, já lavei as mãos.
Meu pai olhou para mim, curioso, tendo notado um tom de voz mais perturbador do que o gráfico assustador daquela manhã.
— Ah, desculpe. É claro que já lavou.
Vitória. Gostaria de ter sorrido. Depois de tantos anos tentando, eu finalmente havia conseguido fazer a voz robótica perfeita. Sem entonação, sem alma, totalmente vazia. Sabia que papai nunca mais me perguntaria se eu tinha lavado as mãos.

Minha raiva de Jen e de mim mesmo havia diminuído no caminho para casa, ainda na véspera. Na hora de dormir, resumia-se a algo duro e frio. De manhã, eu não passava de uma coisa sem vida.

Mamãe me serviu café em silêncio. Um minuto depois meu pai perguntou:
— Fim de semana complicado?
— Muito.

— Continuo gostando do seu cabelo desse jeito — disse mamãe, subindo o tom de voz no fim da frase, como se estivesse fazendo uma pergunta.

— Obrigado.

— E as mãos já não parecem tão roxas.

— Não precisa exagerar.

Sob a luz forte do espelho do banheiro, eu tinha visto que a tintura havia esmaecido só um pouquinho. Naquele ritmo, poderia acabar a faculdade ainda de mãos roxas.

— Pode nos contar o que há de errado, Hunter? — perguntou mamãe.

Suspirei. Eles provavelmente já imaginavam. E como, cedo ou tarde, eu acabo lhes contando a maioria das coisas, decidi superar aquela etapa de uma vez.

— É a Jen.

— Ah, Hunter, que pena.

— Foi bem rápido — comentou papai, dando a contribuição de sua brilhante mente empírica.

— É, acho que sim.

Eu tinha conhecido Jen quinta-feira à tarde. Em que dia estávamos? Domingo de manhã?

Mamãe segurou minha mão.

— Quer conversar sobre o assunto?

Fiz um gesto de indiferença, balancei a cabeça, pensei em várias frases e, finalmente, disse:

— Ela viu através de mim.

— Viu através de você?

— Isso. Direto. — Eu ainda sentia o buraco que seu olhar havia deixado. — Lembra de quando nos mudamos para cá? Quando perdi todos os meus amigos?

Minha confiança, minha imagem.

— É claro que lembro. Foi muito difícil para você.

— Tenho certeza de que foi muito difícil para vocês também. Mas a questão é que acho que nunca superei aquilo. É como se eu continuasse sendo um bobão desde então. E Jen percebeu isso: sou muito sem graça para andar com ela.

— Sem graça? — perguntou papai.

Encontrei um termo melhor:

— Medroso.

— Medroso? Não diga besteira, Hunter. — Minha mãe sacudia a cabeça segurando o garfo cheio de ovo. — Aposto que vocês dois podem resolver isso.

— E se não puderem — acrescentou papai —, pelo menos você não perdeu muito tempo com ela.

Mamãe quase se engasgou com o café. Mesmo assim, consegui reagir com maturidade.

— Obrigado por tentarem me animar. Mas, por favor, agora chega.

Eles pararam. E voltaram a dizer e a fazer as coisas previsíveis de sempre. Tomar café-da-manhã com os pais tem sempre um efeito calmante: naquele comportamento de casal, eles seguem padrões imutáveis, como se tudo sempre tivesse sido e fosse continuar daquela forma. Os pais não são Inovadores. Não na mesa do café-da-manhã. Durante uma hora, pela manhã, eles são Clássicos perfeitos. Meu Rock Steady Crew particular.

Porém, depois que terminei meu café e voltei ao quarto, não havia muito a fazer além de me sentar na cama, desejando que ainda pudesse me esconder atrás da antiga franja.

Quando vi as camisas de garrafas, nas prateleiras, rindo da minha cara, decidi começar um pequeno projeto. Uma a uma, tirei as camisas das garrafas vazias e digitei as informações principais de cada exemplar no eBay. Depois coloquei cada uma em sua própria embalagem, acompanhada de dados obscuros e sem utilidade, preparando-as para envio pelo correio.

Era triste me desfazer daqueles times, montados com tanto esforço, mas todo dirigente tinha de renovar sua equipe de tempos em tempos, liberando os jogadores mais conhecidos e começando do zero com os novatos que os perdedores têm direito de escolher. Além disso, se os deuses dos leilões fossem bondosos comigo, talvez eu tivesse dinheiro suficiente para a parcela mínima do cartão de crédito quando a fatura chegasse.

O celular tocou. Fechei os olhos e respirei fundo. *Não é ela,* repeti algumas vezes, antes de me obrigar a olhar o número no visor.

Garotadotenis. Mandy.

Eu devia ter ficado feliz por ela estar ligando. Por ter escapado dos cabeças roxas e já estar falando comigo novamente. Mas ver seu nome deixou meu coração um pouquinho mais arrasado. Se toda vez que o telefone tocasse e não fosse Jen eu ficasse daquele jeito, minha vida seria uma droga.

— Oi, Mandy.

— Oi, Hunter. Só queria esclarecer algumas coisas.

— Tudo bem.

— Primeiro, queria pedir desculpas por não ter aparecido no encontro de sexta.

Dei uma risada, que doeu muito, por causa da pedra que havia no meu estômago. Então aquelas eram as regras: nenhuma menção aos Arruaceiros ou aos tênis. O fim de semana perdido de Mandy seria nosso pequeno segredo.

— Tudo bem, Mandy. Sei que não foi culpa sua. Fico feliz que esteja bem.

— Nunca estive melhor. Na verdade, parece que serei promovida. — Senti uma pontada ao lembrar que Jen havia previsto aquilo. — Mas obrigada por se preocupar. Greg disse que você ligou. Cassandra também. Na verdade, *todo o mundo* me contou que você estava muito preocupado. Talvez eu tenha parecido meio irritada da última vez que nos vimos, mas não vou me esquecer de que você estava tentando me encontrar.

— Sem problemas, Mandy. Ir atrás de você me levou a algumas... aventuras interessantes.

A pedra no meu estômago tremeu ao ouvir aquelas palavras.

— Fiquei sabendo. Aliás, esse é outro assunto sobre o qual eu queria conversar.

Ela fez uma pausa.

— Qual é o problema?

— Bem, há algumas questões relacionadas ao fim de semana, coisas que precisam se acalmar um pouco. O cliente não quer se ver envolvido com os incidentes ocorridos numa certa festa de lançamento. Algumas pessoas influentes estão chateadas, e temos de preservar as relações com nossa clientela.

— Ah. — Meu cérebro levou um tempo para traduzir o texto, apesar da clareza das palavras: o cliente não queria que os cabeças roxas poderosos soubessem do acordo com os Arruaceiros. Aqueles poderosos estavam furiosos e permaneceriam daquele jeito por um tempo. — O que você quer dizer com isso, Mandy?

— Que não posso passar qualquer tipo de trabalho a você. Pelo menos, por enquanto.

— Ah.

Estava entendendo tudo perfeitamente: eu era o bode expiatório. Era a única pessoa na qual os *hoi aristoi* podiam botar suas mãos roxas, a única conexão que poderia levar aos Arruaceiros. O cliente queria manter distância de mim.

Todos queriam.

— Sinto muito mesmo por tudo isso, Hunter. Sempre gostei de trabalhar com você.

— Também gostei de trabalhar com você. Não se preocupe.

— Essas coisas não duram para sempre.

— Eu sei, Mandy. Nada dura para sempre.

— Esse é o espírito da coisa.

Cinco minutos depois, enquanto eu vasculhava as prateleiras atrás de mais objetos para vender, o celular tocou de novo. Mais uma vez, desviei os olhos do visor.

Não é ela, não é ela... Talvez repetir umas dez vezes resolvesse.

Era ela.

— Ahn... oi — atendi. (Era como dizer "alô" sem muita esperança.)

— Me encontre no parque. Onde nos conhecemos. Em meia hora, pode ser?

— Está bem.

CAPÍTULO TRINTA E CINCO

— POSSO TIRAR UMA FOTO DO SEU TÊNIS?
Ela baixou os binóculos, virou-se para mim e sorriu.
— Devo avisar que este aqui já está patenteado.
Olhei para baixo: ela havia mudado os cadarços. Agora eram de um verde intenso, amarrados num hexágono em volta da língua, depois formando um nó para cima no meio, como um olho de gato visto de lado. O resto do visual seguia o padrão Exilado Sem Marca, exceto a jaqueta — lustrosa, preta, sem manga e grande demais, brilhando ao sol.
— Não se preocupe. Meu interesse não é profissional — respondi.
— Eu sei. Mandy me ligou e contou o que houve. — Ela olhou para baixo. — No fim, acabei conseguindo fazer você perder o emprego. Só demorou um pouco mais do que eu tinha pensado.
— Vou sobreviver.
— Sinto muito, Hunter.
Aquela era a razão da ligação. Ela se sentia culpada. Era um encontro por pena.

Minha boca se abriu, mas não saiu nada. Queria lhe contar o que havia concluído sobre os Arruaceiros. O problema era que tudo que eu precisava dizer era grande demais para caber na minha boca. Jen aguardou por um momento e depois levou os binóculos de volta aos olhos.

— O que você está observando? — perguntei.

— A margem do rio lá no Brooklyn.

Virei para olhar o outro lado do rio, onde dava para distinguir algumas partes do antigo estaleiro da Marinha em meio à vastidão de prédios industriais, estradas sinuosas e um ou outro atracadouro.

Era óbvio. Jen nunca desistia.

— Nos vemos na fábrica? — lembrei.

Aquelas tinham sido as palavras de Mwadi Wickersham depois da chegada abrupta — e roxa — dos *hoi aristoi*. A mudança dos Arruaceiros estava marcada para segunda-feira, mas, com forças tão poderosas atrás deles, porque não antecipar as providências em um dia?

— Acha que vão continuar no Brooklyn? — perguntei.

— Acho. O Dumbo é o lugar deles.

— Ouvi dizer que é a parte mais transada da cidade. — Estávamos lado a lado. — Viu algo interessante?

— Você não foi seguido até aqui, foi?

— Acho que não. Vim andando por Stuyvesant Town, depois desci pela margem do rio. Não há muito lugar para se esconder em Stuy Town.

— Boa estratégia.

— Entendido.

Ela sorriu e me passou os binóculos:

— Tente entender isso aqui.

Os binóculos eram pesados, do tipo militar, com acabamento camuflado e tudo. As pontas dos nossos dedos se tocaram por um segundo.

A outra margem do rio apareceu de repente, em detalhe, diante de mim. Qualquer tremidinha das minhas mãos se transformava num terremoto. Segurei firme para acompanhar um ciclista que passava.

— O que estou procurando?

— Dê uma olhada na fábrica da Domino Sugar.

Deixei a bicicleta para trás, borrando toda a paisagem com o movimento. Logo as manchas familiares das paredes da fábrica passaram pelo meu campo de visão. Voltei um pouco e vi o letreiro de néon, apagado, e a passarela que ligava dois prédios. Em seguida, avistei uma pequena área livre entre a fábrica e o rio.

— Caminhões alugados — disse, baixinho. Algumas pessoas caminhavam entre os veículos e uma saída de carga. — Jen, você chegou a rastrear a placa do caminhão que vimos em frente ao prédio abandonado?

— Ahn... não. Na verdade, não tenho idéia de como fazer isso.

— Nem eu. Mas... você já viu pessoal especializado em mudança trabalhando de roupa preta? No verão?

— Nunca. E olhe só como eles estacionaram. Pertinho da parede, para que ninguém possa vê-los da rua.

Baixei os binóculos. A olho nu, os caminhões não passavam de grãos de arroz, e as figuras humanas eram como partículas metálicas controladas por um ímã invisível.

— Eles não esperavam que alguém fosse observá-los de Manhattan.

— Pode acreditar. Esses binóculos de campo custaram quatrocentas pratas. Equipamento do exército soviético. Mas o cara disse que posso devolver até amanhã se não gostar.

— Meu Deus, Jen.

Devolvi os binóculos com todo cuidado. Jen levou-os aos olhos e se apoiou na mureta. A alça de pescoço balançava sobre a água.

— O cliente deve ter oferecido uma grana respeitável pelos tênis. Ouvi dizer que estavam transformando essas construções em condomínios residenciais. Belas vistas de Manhattan por um milhão a unidade.

— Parece que nem todas tiveram esse destino. Acho que eles mantêm um estúdio de TV numa parte da fábrica. Pelo menos uma ilha de edição. E sei lá mais o quê. Os Arruaceiros devem estar numa área classificada como de indústria leve.

Jen sorriu.

— Você quer dizer pós-industrial, né?

— Pós-apocalíptico.

— Ainda não. Mas é só lhes dar o tempo necessário.

Ficamos parados ali por um momento. Jen continuava acompanhando atentamente o movimento do outro lado. Eu, por minha vez, sentia prazer no simples fato de estar ali: analisando como a margem do Brooklyn havia mudado ao longo dos anos, observando o cabelo raspado de Jen mexer-se ao vento, gostando da sensação de me encontrar ao lado dela, mesmo que aquilo fosse o máximo de intimidade que teríamos dali para frente.

— O que achou do seu paletó? — perguntou Jen.

— Meu o quê?

Só então um flash de reconhecimento passou pelo meu cérebro. Toquei a superfície sedosa de cor preta, com suas estampas minúsculas de flor-de-lis. Era o forro da minha tragédia de mil dólares virado para o lado de fora. O rasgo terrível tinha sumido, assim como as mangas; as costuras haviam sido refeitas para ajustar as linhas elegantes do antigo paletó à sua nova configuração invertida.

— Nossa.

— Experimente — disse ela, tirando a nova jaqueta.

Ficou tão bem em mim quanto duas noites antes. Na verdade, um pouco melhor, como acontece às vezes quando as coisas são viradas ao contrário. E a nova peça — surpreendentemente sem manga, de falsa seda japonesa e incompatível com gravatas-borboleta — não tinha nada a ver com o não-Hunter; era a minha cara.

— Perfeita.

— Que bom que gostou. Perdi a noite toda.

Suas mãos passaram pelas costuras laterais, depois pelo bolso do peito (originalmente interno, mas agora externo) e pelo caimento dos ombros. Em seguida, desceram até minha cintura.

— Sinto muito, Hunter.

Soltei o ar de dentro de mim, lentamente, olhando bem nos seus olhos verdes. Senti um alívio profundo, como se um teste dificílimo tivesse acabado.

— Eu também.

Ela desviou o olhar.

— Não foi você que agiu como babaca.

— Você só estava dizendo a verdade. Talvez de um jeito meio babaca, mas ainda assim a verdade. Assisto demais. Penso demais.

— É o seu jeito. E você faz isso de uma maneira legal. Gosto do que tem na cabeça.

— Pode ser, Jen. Mas você quer mudar as coisas... e não estamos falando só de como as pessoas amarram os cadarços.

— Você também. — Ela se virou na direção do rio. — Ontem, você só estava tentando levantar o meu ânimo, fingindo que os Arruaceiros não eram nada de mais. Não estava?

— Não exatamente. — Respirei fundo. Afinal, enquanto lutava contra meu sentimento de culpa durante a noite inteira, tinha realmente pensado naquilo. — Jen, não estou muito certo em relação aos Arruaceiros. Acho que eles só vão atrás de presas fáceis. E põem os cérebros dos outros em risco. Você não pode sair por aí, sem mais nem menos, reiniciando as cabeças das pessoas sem pedir permissão. Quando alguém se machucar para valer, essa história toda de esperteza perderá o apelo inusitado que tem, entende?

Ela pensou por um instante, mas pareceu não dar muita importância.

— Talvez. Mas isso só mostra que eles precisam da nossa ajuda. Do seu talento analítico, do seu vasto banco de dados de informações inúteis. E do meu... raciocínio original ou seja lá o que for. Podemos ajudar esse pessoal. E eles são tão bacanas...

— Sei que são.

Lembrei do meu primeiro dia na escola em Nova York, quando percebi como havia descido na pirâmide. De repente, não passava de um idiota; todo mundo notou assim que entrei na sala de aula. Por outro lado, podia ver muito bem quem eram os garotos bacanas. Era como se eles brilhassem

— lâminas tão afiadas que doía só de olhar. Desde então sou capaz de identificar quem são os garotos legais, não importa a idade.

No entanto, desde aquele dia, nunca mais confiei de verdade neles.

Então por que confiava em Jen? Aquela era a garota que tinha acabado comigo apenas doze horas antes por causa de... uma pilha de tênis. Talvez me odiasse porque eu não havia ficado para ajudá-la, indiferente à sua convicção de que, se ela perdesse aquela chance com os Arruaceiros, perderia também sua imagem positiva, num lance tão trivial quanto tropeçar num buraco na calçada.

Era uma tese difícil de engolir, mas tinha tudo a ver com Jen.

De qualquer maneira, ela já não me odiava mais.

— Talvez possamos deixá-los ainda mais maneiros, Hunter.

Olhei para ela e dei uma risada, consciente de que acabaria ajudando na busca. Jen achava que precisava deles, e eu precisava dela.

— Claro que podemos.

Ela voltou-se para a fábrica.

— Tenho um presente para você.

— Outro?

— A jaqueta não foi um presente. Era seu paletó, comprado e pago por você.

Senti uma pontada.

— Na verdade, ainda não foi pago.

Ela sorriu e guardou os binóculos na mochila (fiquei feliz ao ver que era um estojo grande e estofado da época da União

Soviética). Depois, pegou um saco de papel. Antes mesmo que pudesse abri-lo, senti um cheiro de plástico queimado.

— Eu disse que ia encontrar um. Você devia ter ficado comigo. Com um pouco de ajuda, talvez não tivesse levado duas horas. — Ela abriu o embrulho com o mesmo cuidado com que falava. — Um só, lá embaixo.

Meu queixo caiu.

Milagrosamente, o tênis parecia não haver sido tocado pelo fogo. O couro permanecia maleável, e o acabamento prateado não tinha uma única mancha. Os cadarços escorriam pelos meus dedos, e os ilhoses brilhavam como minúsculas rodas de bicicleta sob a luz do sol.

Eu tinha quase me esquecido daquela perfeição.

— Estão com cheiro de queimado — disse Jen. — Mas coloquei duas pastilhas de desodorizante e já melhorou. É uma questão de tempo.

— Não me importo com o cheiro.

Percebi que também precisava daquilo. Para Jen, não era muito difícil reiniciar seu cérebro. Ela era uma figura rara, pronta para voltar aos dez anos ao sofrer um ataque *pakapaka*, mas também para enfrentar corridas até uma saída de emergência num terraço ou uma queda num duto de ar ou uma revolução secreta. Mas eu não me sentia daquele jeito havia muito tempo. Era como se eu fosse capaz de voar ou pelo menos de enterrar da linha do lance livre. Algo no meu cérebro estava se soltando. Tomei o tênis de suas mãos e o segurei firme.

— Ainda acha que os Arruaceiros não prestam? — perguntou Jen.

Engoli em seco, olhei para o outro lado do rio, à procura dos inimigos de todos aqueles de quem eu gostava, e fiz o Gesto.

— Até que eles têm seus bons momentos.

CAPÍTULO TRINTA E SEIS

EU ESTAVA COM O TÊNIS HAVIA TRÊS SEMANAS. E ENTÃO A fatura do cartão de crédito chegou. Uma medida drástica era necessária.

— Você pode comprar um par quando forem lançados — disse Jen.

— Sei disso, mas não vai ter a logomarca verdadeira.

Eu sentiria falta daquele atestado de rejeição. Como um certo filósofo francês disse uma vez, "o homem é o animal que diz não".

Mas eu não podia dizer não a uma certa administradora de cartões de crédito cujo nome tem quatro letras. Ligamos para Antoine para saber se ele estava trabalhando naquele dia, contamos que precisávamos lhe mostrar algo importante e saímos.

A Dr. Jay's, a exemplo da própria cultura hip-hop, nasceu no Bronx em 1975. A loja continua por lá, e agora por toda a cidade, vendendo tênis, roupas de corrida e qualquer tipo de material esportivo feito de tecidos sintéticos como Supplex e

Ultrah — nomes futuristas que evocam imagens de prostitutas robóticas.

— Hunter, meu chapa — disse Antoine, antes de fazer o Gesto para Jen, o que provavelmente significava que ele lembrava dos seus comentários na discussão de grupo e havia gostado.

Ele nos conduziu até os fundos, por um cenário de caos amigável incentivado pelo fantástico sistema de som da loja: crianças correndo pelo carpete para ver se seus tênis ficaram bons, homens experimentando camisas para encontrar a distância ideal entre a cintura e o joelho, logotipos reluzentes de times girando em suas seções.

Chegamos ao santuário do depósito e nos espremiamos entre as prateleiras cheias de caixas organizadas por tamanho e modelo. Antoine tirou uma escada com rodinhas do nosso caminho.

— Que cheiro é esse? — perguntou ele, assim que Jen abriu a caixa do tênis.

— Motor de avião — respondeu ela, séria, enquanto desfazia o embrulho.

Os olhos de Antoine brilharam quando viram o tênis. Ele o pegou com cuidado e o virou em todas as direções para conferir cada detalhe: os ilhoses, a língua, o cadarço, a sola.

Um minuto depois, perguntou em voz baixa:

— De onde veio isso?

— É pirata — respondeu Jen. — Mas todos os exemplares foram destruídos. Até onde sabemos, esse é o único que sobrou.

— Droga.

— O cliente vai produzir uma versão dele — informei. — Mas este é o original.

Ele moveu a cabeça lentamente, sem tirar os olhos do tênis.

— Não vão conseguir fazer direito. Não exatamente como esse. Algum comitê interno vai estragar tudo.

— E o tênis do cliente nunca terá isso — acrescentei, apontando para a antilogomarca.

Antoine deu uma risada.

— Acho que não vou poder usá-los para trabalhar.

— Não mesmo. Só conseguimos salvar um pé.

— *Droga*.

— A questão é que preciso vender o tênis. Problemas financeiros graves. — Ele ficou me olhando, à espera da explicação da piada. — Preciso mesmo vender o tênis, entendeu?

— Ah. Nunca pensei que pudesse fazer isso, Hunter. Mas, se precisa do dinheiro, então precisa do dinheiro.

— Preciso — repeti, soando como um noivo sendo obrigado a se casar.

— Quanto quer?

— Sabe o que é? Tenho uma fatura de cartão de crédito de mais ou menos mil dólares...

— Fechado.

Só quando já estava na rua, com o dinheiro na mão, percebi que poderia ter pedido mais.

O desfecho irônico desta trágica história é que o cliente nunca lançou o tênis. E nunca teve intenção de lançar.

Em vez disso, copiam pequenos detalhes a cada nova coleção. Como um monstro de Frankenstein às avessas, o tênis é desmontado lentamente, tendo seus belos órgãos transplantados para uma dezena de corpos diferentes.

Se vocês prestam atenção por onde andam, provavelmente já viram o tênis pessoalmente, mas por partes. É fácil reconhecê-lo, seja nos produtos do cliente ou em cópias e imitações: é aquela parte que mexe com a cabeça e faz qualquer um acreditar ser capaz de voar. Mas vocês nunca vão ter o tênis completo nas mãos. Ele se foi com a fumaça.

Apesar disso, não se pode culpar o cliente por seguir a regra número um do consumismo: nunca dê aos consumidores o que eles realmente querem. Reduza o sonho a pedaços e espalhe-os como cinzas. Distribua promessas vazias. Embale as aspirações dos consumidores e lhes venda, assegurando-se de que elas acabem se desfazendo no ar.

Pelo menos Antoine gastou bem seu dinheiro: ele ficou com o verdadeiro tesouro.

E eu fiquei com Jen.

Acabamos nos beijando no meio do Bronx, depois que vendi o tênis, apesar do meu nervosismo por estar com mil dólares no bolso, em grandes maços de notas pequenas. (Experimentem quando puderem; é uma sensação bem intensa.) Depois, voltamos para o centro e para o trabalho, mesmo que eu soubesse que estava seguindo uma bússola que sempre apontava na direção da confusão. Jen é uma jogadora de decisão, uma criança mimada, uma grande chata. E mexe com a minha cabeça como nada no mundo. Mas a situação melhora quando ela vira as coisas do avesso.

O que faz com freqüência.

CAPÍTULO QUALQUER COISA

EU E JEN CONTINUAMOS VIGIANDO OS ARRUACEIROS, À espera do próximo passo. Mas não tentem fazer isso em casa. Eles têm dinheiro, estão prontos para agir e, se pegarem vocês criando problemas, deixarão seus cabelos roxos.

Porém, também não é preciso se preocupar muito. Vocês não serão deixados de fora. Logo eles estarão no shopping mais próximo. Têm um planejamento que inclui todo o mundo.

Os Arruaceiros estão por toda parte, mesmo que vocês não possam vê-los. Certo, eles não são exatamente invisíveis. Muitos deles têm os cabelos pintados de cinco cores, ou usam tênis com solado de doze centímetros, ou carregam tanto metal no corpo que pegar um avião se torna um desafio. São bem visíveis, se pararem para pensar.

Mas não carregam letreiros indicando o que são. Afinal, se vocês soubessem o que os Arruaceiros querem, eles não poderiam realizar sua mágica. Eles têm de observar tudo cuidadosamente para iludi-los e confundi-los de uma maneira que vocês não percebam. Como bons trapaceiros, deixam que vocês acreditem ter descoberto o caos por conta própria.

Então vocês podem perguntar: o que os Arruaceiros são capazes de fazer, afinal de contas? Eles não vão simplesmente sumir como qualquer moda passageira, falhar como milhares de outras revoluções, acabar sem utilidade e amargurados como uma coleção de brinquedos esquecida no fundo do armário? Ou será que um pequeno grupo de Inovadores carismáticos e bem organizados realmente pode mudar o mundo?

Talvez possam.

Pela leitura que faço da história, é assim que sempre tem acontecido.

ROL DA FAMA DOS INOVADORES

Primeira pessoa a pular de um veículo voador (um balão) de pára-quedas:
André-Jacques Garnerin (1797)

Primeira pessoa a usar os tradicionais patins "dois-por-dois":
James Plimpton (1863)

Primeira pessoa a trocar as letras iniciais de duas palavras para obter um efeito cômico:
Reverendo William Archibald Spooner (1885)

Primeira pessoa a botar sorvete numa casquinha:
Agnes B. Marshall (1888)

Primeira pessoa a descer as Cataratas do Niágara num barril:
Annie Edson Taylor (1901)*

---

*não tente fazer isso em casa. Nem nas Cataratas do Niágara.

Primeira pessoa a amarrar os cadarços no formato de "dupla hélice":*
Montgomery K. Fisher (1903)

Primeira empresa a fabricar tênis de lona:
Keds (1917)

Primeira pessoa a usar o corte enviesado em seus modelos:
Madame Madeleine Vionnet (1927)

Primeira torcida a fazer a "ola":
Olimpíadas da Cidade do México (1968)

Primeira pessoa a fazer uma ligação de celular de uma rua de Nova York:
Martin Cooper (1973)

Primeira pessoa a fazer um scratch num disco intencionalmente:
DJ Grand Wizard Theodore (1974-5)

Primeira pessoa a usar a expressão "Sarcástico Futuro":
Cory Doctorow (2003)

---

*também conhecido como "modo tradicional".

Este livro foi composto na tipologia Classical Garamond, em corpo 11/16. Baseada na criação do tipógrafo parisiense do século XVI Claude Garamond, esta versão foi redesenhada por Robert Slimbach, em 1989.

Os títulos dos capítulos deste livro foram compostos na tipologia Futura. Criada na Alemanha, em 1928, é amplamente considerada uma das fontes sem-serifa que mais exercem influência até hoje.

Este livro foi composto na tipologia Classical
Garamond BT, em corpo 11/16, e impresso em
papel off-white 80g/m² no Sistema Cameron da
Divisão Gráfica da Distribuidora Record.

Seja um Leitor Preferencial Record
e receba informações sobre nossos lançamentos.
Escreva para
RP Record
Caixa Postal 23.052
Rio de Janeiro, RJ – CEP 20922-970
dando seu nome e endereço
e tenha acesso a nossas ofertas especiais.

Válido somente no Brasil.

Ou visite a nossa *home page*:
http://www.record.com.br